Tucholsky   Wagner   Zola   Scott   Sydow   Freud   Schlegel
Turgenev   Wallace   Fonatne

Twain   Walther von der Vogelweide   Fouqué   Friedrich II. von Preußen
Weber   Freiligrath   Frey
Fechner   Fichte   Weiße Rose   von Fallersleben   Kant   Ernst   Richthofen   Frommel
Engels   Fielding   Hölderlin
Fehrs   Faber   Flaubert   Eichendorff   Tacitus   Dumas
Maximilian I. von Habsburg   Fock   Eliasberg   Zweig   Ebner Eschenbach
Feuerbach   Ewald   Eliot   Vergil
Goethe   Elisabeth von Österreich   London
Mendelssohn   Balzac   Shakespeare
Lichtenberg   Rathenau   Dostojewski   Ganghofer
Trackl   Stevenson   Doyle   Gjellerup
Tolstoi   Hambruch
Mommsen   Thoma   Lenz   Hanrieder   Droste-Hülshoff
Dach   Verne   von Arnim   Hägele   Hauff   Humboldt
Reuter   Rousseau   Hagen   Hauptmann
Karrillon   Garschin   Gautier
Defoe   Baudelaire
Damaschke   Descartes   Hebbel
Hegel   Kussmaul   Herder
Wolfram von Eschenbach   Dickens   Schopenhauer
Bronner   Darwin   Melville   Grimm Jerome   Rilke   George
Campe   Horváth   Aristoteles   Bebel   Proust
Bismarck   Vigny   Barlach   Voltaire   Federer   Herodot
Gengenbach   Heine
Storm   Casanova   Tersteegen   Gilm   Grillparzer   Georgy
Chamberlain   Lessing   Langbein   Gryphius
Brentano   Lafontaine
Strachwitz   Claudius   Schiller   Kralik   Iffland   Sokrates
Katharina II. von Rußland   Bellamy   Schilling
Gerstäcker   Raabe   Gibbon   Tschechow
Löns   Hesse   Hoffmann   Gogol   Wilde   Vulpius
Luther   Heym   Hofmannsthal   Gleim
Roth   Heyse   Klopstock   Klee   Hölty   Morgenstern   Goedicke
Luxemburg   Puschkin   Homer   Kleist
La Roche   Horaz   Mörike   Musil
Machiavelli   Kierkegaard   Kraft   Kraus
Navarra   Aurel   Musset
Nestroy   Marie de France   Lamprecht   Kind   Kirchhoff   Hugo   Moltke
Nietzsche   Nansen   Laotse   Ipsen   Liebknecht
Marx   Ringelnatz
von Ossietzky   Lassalle   Gorki   Klett   Leibniz
May   vom Stein   Lawrence   Irving
Petalozzi   Knigge
Platon   Pückler   Michelangelo   Kafka
Sachs   Poe   Kock
de Sade   Praetorius   Mistral   Zetkin   Liebermann   Korolenko

Der Verlag tradition aus Hamburg veröffentlicht in der Reihe **TREDITION CLASSICS** Werke aus mehr als zwei Jahrtausenden. Diese waren zu einem Großteil vergriffen oder nur noch antiquarisch erhältlich.

Symbolfigur für **TREDITION CLASSICS** ist Johannes Gutenberg (1400 — 1468), der Erfinder des Buchdrucks mit Metalllettern und der Druckerpresse.

Mit der Buchreihe **TREDITION CLASSICS** verfolgt tradition das Ziel, tausende Klassiker der Weltliteratur verschiedener Sprachen wieder als gedruckte Bücher aufzulegen – und das weltweit!

Die Buchreihe dient zur Bewahrung der Literatur und Förderung der Kultur. Sie trägt so dazu bei, dass viele tausend Werke nicht in Vergessenheit geraten.

Die Königsbraut

Ein nach der Natur entworfenes Märchen

E.T.A. Hoffmann

Impressum

Autor: E.T.A. Hoffmann
Umschlagkonzept: toepferschumann, Berlin

Verlag: tradition GmbH, Hamburg
ISBN: 978-3-8424-1236-1
Printed in Germany

Erstes Kapitel,

in dem von verschiedenen Personen und ihren Verhältnissen Nachricht gegeben, und alles Erstaunliche und höchst Wunderbare, das die folgenden Kapitel enthalten sollen, vorbereitet wird auf angenehme Weise.

Es war ein gesegnetes Jahr. Auf den Feldern grünte und blühte gar herrlich Korn und Weizen und Gerste und Hafer, die Bauerjungen gingen in die Schoten, und das liebe Vieh in den Klee; die Bäume hingen so voller Kirschen, daß das ganze Heer der Sperlinge trotz dem besten Willen, alles kahl zu picken, die Hälfte übrig lassen mußte zu sonstiger Verspeisung. Alles schmauste sich satt tagtäglich an der großen offenen Gasttafel der Natur. – Vor allen Dingen stand aber in dem Küchengarten des Herrn Dapsul von Zabelthau das Gemüse so über die Maßen schön, daß es kein Wunder zu nennen, wenn Fräulein Ännchen vor Freude darüber ganz außer sich geriet. –

Nötig scheint es gleich zu sagen, wer beide waren, Herr Dapsul von Zabelthau und Ännchen.

Es ist möglich, daß du, geliebter Leser, auf irgendeiner Reise begriffen, einmal in den schönen Grund kamst, den der freundliche Main durchströmt. Laue Morgenwinde hauchen ihren duftigen Atem hin über die Flur, die in dem Goldglanz schimmert der emporgestiegenen Sonne. Du vermagst es nicht auszuharren in dem engen Wagen, du steigst aus und wandelst durch das Wäldchen, hinter dem du erst, als du hinabfuhrst in das Tal, ein kleines Dorf erblicktest. Plötzlich kommt dir aber in diesem Wäldchen ein langer hagerer Mann entgegen, dessen seltsamer Aufzug dich festbannt. Er trägt einen kleinen grauen Filzhut, aufgestülpt auf eine pechschwarze Perücke, eine durchaus graue Kleidung, Rock, Weste und Hose, graue Strümpfe und Schuhe, ja selbst der sehr hohe Stock ist grau lackiert. So kommt der Mann mit weit ausgespreizten Schritten auf dich los, und indem er dich mit großen tiefliegenden Augen anstarrt, scheint er dich doch gar nicht zu bemerken. »Guten Morgen, mein Herr!« rufst du ihm entgegen, als er dich beinahe umrennt. Da fährt er zusammen, als würde er plötzlich geweckt aus tiefem Traum, rückt dann sein Mützchen und spricht mit hohler weinerlicher Stimme:»Guten Morgen? O mein Herr! wie froh können wir sein, daß wir einen guten Morgen haben – die armen Bewohner von Santa Cruz – soeben zwei Erdstöße, und nun gießt der Regen in Strömen herab!« – Du weißt, geliebter Leser, nicht recht, was du dem seltsamen Manne antworten sollst, aber indem du darüber sinnest, hat er schon mit einem »Mit Verlaub, mein Herr!« deine Stirn sanft berührt und in deinen Handteller gekuckt.»Der Himmel segne Sie, mein Herr, Sie haben eine gute Konstellation«, spricht er nun ebenso hohl und weinerlich als zuvor, und schreitet weiter fort. – Dieser absonderliche Mann war eben niemand anders als der Herr Dapsul von Zabelthau, dessen einziges ererbtes ärmliches Besitztum das kleine Dorf Dapsulheim ist, das in der anmutigsten lachendsten Gegend vor dir liegt und in das du soeben eintrittst. Du willst frühstücken, aber in der Schenke sieht es traurig aus. In der Kirchweih ist aller Vorrat aufgezehrt und da du dich nicht mit bloßer Milch begnügen willst, so weist man dich nach dem Herrenhause, wo das gnädige Fräulein Anna dir gastfreundlich darbieten werde, was eben vorrätig. Du nimmst keinen Anstand dich dorthin zu begeben. – Von diesem Herrenhause ist nun eben nichts mehr zu sagen, als daß es wirklich Fenster und Türen hat, wie weiland das Schloß des Herrn Baron von Tondertonktonk in Westfalen. Doch prangt über der Haustür das mit neuseeländischer Kunst in Holz geschnittene Wappen der Familie von Zabelthau. Ein seltsames Ansehn gewinnt aber diees Haus dadurch, daß seine Nordseite sich an die Ringmauer einer alten verfallenen Burg lehnt, so daß die Hintertüre die ehemalige Burgpforte ist, durch die man unmittelbar in den Burghof tritt, in dessen Mitte der hohe runde Wachturm noch ganz unversehrt dasteht. Aus jener Haustür mit dem Familienwappen tritt dir ein junges rotwangichtes Mädchen entgegen, die mit ihren klaren blauen Augen und blondem Haar ganz hübsch zu nennen und deren Bau vielleicht nur ein wenig zu rundlich derb geraten. Die Freundlichkeit selbst, nötigt sie dich ins Haus, und bald, sowie sie nur dein Bedürfnis merkt, bewirtet sie dich mit der trefflichsten Milch, einem tüchtigen Butterbrot, und dann mit rohem Schinken, der dir in Bayonne bereitet scheint und einem Gläschen aus Runkelrüben gezogenen Branntweins. Dabei spricht das Mädchen, die nun eben keine andre ist als das Fräulein Anna von Zabelthau, ganz munter und frei von allem, was die Landwirtschaft betrifft und zeigt dabei gar keine unebene Kenntnisse. Doch plötzlich erschallt wie aus den Lüften eine starke, fürchterliche Stimme: »Anna – Anna!« Anna!« – Du erschrickst, aber Anna spricht ganz freundlich: »Papa ist zurückgekommen von seinem Spaziergange und ruft aus seiner Studierstube nach dem Frühstück!« – »Ruft – aus seiner Studierstube«, frägst du erstaunt. »Ja«, erwidert Fräulein Anna oder Fräulein Ännchen, wie sie die Leute nennen, »ja Papas Studierstube ist dort oben auf dem Turm, und er ruft durch das Rohr!« – Und du siehst, geliebter Leser! wie nun Ännchen des Turmes enge Pforte öffnet und mit demselben Gabelfrühstück, wie du es soeben genossen, nämlich mit einer tüchtigen Portion Schinken und Brot nebst dem Runkelrübengeist hinaufspringt. Ebenso schnell ist sie aber wieder bei dir, und dich durch den schönen Küchengarten geleitend, spricht sie so viel von bunter Plümage, Rapuntika, englischem Turneps, kleinem Grünkopf, Montrue, großem Mogul, gelbem Prinzenkopf u.s.f., daß du in das größeste Erstaunen geraten mußt, zumal, wenn du nicht weißt, daß mit jenen vornehmen Namen nichts anders gemeint ist, als Kohl und Salat. –

Ich meine, daß der kurze Besuch, den du, geliebter Leser, in Dapsulheim abgestattet, hinreichen wird, dich die Verhältnisse des Hauses, von dem allerlei seltsames, kaum glaubliches Zeug ich dir zu erzählen im Begriff stehe, ganz erraten zu lassen. Der Herr Dapsul von Zabelthau war in seiner Jugend nicht viel aus dem Schlosse seiner Eltern gekommen, die ansehnliche Güter besaßen. Sein Hofmeister, ein alter, wunderlicher Mann, nährte, nächstdem daß er ihn in fremden, vorzüglich orientalischen Sprachen unterrichtete seinen Hang zur Mystik, oder vielmehr besser gesagt, zur Geheimniskrämerei. Der Hofmeister starb und hinterließ dem jungen Dapsul eine ganze Bibliothek der geheimen Wissenschaften, in die er sich vertiefte. Die Eltern starben auch, und nun begab sich der junge Dapsul auf weite Reisen, und zwar wie es der Hofmeister ihm in die Seele gelegt, nach Ägypten und Indien. Als er endlich nach vielen Jahren zurückkehrte, hatte ein Vetter unterdessen sein Vermögen mit so großem Eifer verwaltet, daß ihm nichts übrig geblieben als das kleine Dörfchen Dapsulheim. Herr Dapsul von Zabelthau strebte zu sehr nach dem sonnegebornen Golde einer höhern Welt, als daß er sich hätte aus irdischem viel machen sollen, er dankte vielmehr dem Vetter mit gerührtem Herzen dafür, daß er ihm das freundliche

Dapsulheim erhalten mit dem schönen hohen Wartturm, der zu astrologischen Operationen erbaut schien und in dessen höchster Höhe Herr Dapsul von Zabelthau auch sofort sein Studierzimmer einrichten ließ. Der sorgsame Vetter bewies nun auch, daß der Herr Dapsul heiraten müsse. Dapsul sah die Notwendigkeit ein und heiratete sofort das Fräulein, das der Vetter für ihn erwählt. Die Faru kam ebenso schnell ins Haus als sie es wieder verließ. Sie starb, nachdem sie ihm eine Tochter geboren. Der Vetter besorgte Hochzeit, Taufe und Begräbnis, so daß Dapsul auf seinem Turm von allem dem nicht sonderlich viel merkte, zumal die Zeit über gerade ein sehr merkwürdiger Schwanzstern am Himmel stand, in dessen Konstellation sich der melancholische, immer Unheil ahnende Dapsul verflochten glaubte. Das Töchterlein entwickelte unter der Zucht einer alten Großtante, zu deren großer Freude einen entschiedenen Hang zur Landwirtschaft. Fräulein Ännchen mußte, wie man zu sagen pflegt, von der Pike an dienen. Erst als Gänsemädchen, dann als Magd, Großmagd, Haushälterin, bis zur Hauswirtin herauf, so daß die Theorie erläutert und festgestellt wurde durch eine wohltätige Praxis. Sie liebte Gänse und Enten, Hühner und Tauben, Rindvieh und Schafe ganz ungemein, ja selbst die zarte Zucht wohlgestalter Schweinlein war ihr keineswegs gleichgültig, wiewohl sie nicht wie einmal ein Fräulein in irgendeinem Lande ein kleines weißes Ferkelchen mit Band und Schelle versehen und erkieset hatte zum Schloßtierchen. Über alles und auch weit über den Obstbau ging ihr aber der Gemüsegarten. Durch der Großtante landwirtschaftliche Gelehrsamkeit hatte Fräulein Ännchen, wie der geneigte Leser in dem Gespräch mit ihr bemerkt haben wird, in der Tat ganz hübsche theoretische Kenntnisse vom Gemüsebau erhalten, beim Umgraben des Ackers, beim Einstreuen des Samens, Einlegung der Pflanzen stand Fräulein Ännchen nicht allein der ganzen Arbeit vor, sondern leistete auch selbst tätige Hülfe. Fräulein Ännchen führte einen tüchtigen Spaten, das mußte ihr der hämische Neid lassen. Während nun Herr Dapsul von Zabelthau sich in seine astrologischen Beobachtungen und in andere mystische Dinge vertiefte, führte Fräulein Ännchen, da die alte Großtante gestorben, die Wirtschaft auf das beste, so daß wenn Dapsul dem Himmlischen nachtrachtete, Ännchen mit Fleiß und Geschick das Irdische besorgte.

Wie gesagt, kein Wunder war es zu nennen, wenn Ännchen vor
Freude über den diesjährigen ganz vorzüglichen Flor des Küchengartens beinahe außer sich geriet. An üppiger Fülle des Wachstums
übertraf aber alles andere ein Mohrrübenfeld, das eine ganz unge-
wöhnliche Ausbeute versprach.

»Ei, meine schönen lieben Mohrrüben!« so rief Ännchen ein Mal
über das andere, klatschte in die Hände, sprang, tanzte umher, ge-
bärdete sich wie ein zum heiligen Christ reich beschenktes Kind. Es
war auch wirklich, als wenn die Möhrenkinder sich in der Erde
über Ännchens Lust mitfreuten, denn das feine Gelächter, das sich
vernehmen ließ, stieg offenbar aus dem Acker empor. Ännchen
achtete nicht sonderlich darauf, sondern sprang zum Knecht entgegen, der, einen Brief hoch emporhaltend, ihr zurief: »An sie, Fräulein Ännchen, Gottlieb hat ihn mitgebracht aus der Stadt.« Ännchen
erkannte gleich an der Aufschrift, daß der Brief von niemanden
anders war als von dem jungen Herrn Amandus von Nebelstern,
dem einzigen Sohn eines benachbarten Gutsbesitzers, der sich auf
der Universität befand. Amandus hatte sich, als er noch auf dem
Dorfe des Vaters hauste und täglich hinüberlief nach Dapsulheim,
überzeugt, daß er in seinem ganzen Leben keine andere lieben könne als Fräulein Ännchen. Ebenso wußte Fräulein Ännchen ganz
genau, daß es ihr ganz unmöglich sein werde, jemals einem andern,
als nur dem braunlockichten Amandus auch nur was weniges gut
zu sein. Beide, Ännchen und Amandus, waren übereingekommen
sich je eher, desto lieber zu heiraten und das glücklichste Ehepaar
zu werden auf der ganzen weiten Erde. – Amandus war sonst ein
heiterer unbefangener Jüngling, auf der Universität geriet er aber,
Gott weiß wem in die Hände, der ihm nicht nur einbildete, er sei ein
ungeheures poetisches Genie, sondern ihn auch verleitete, sich auf
die Überschwenglichkeit zu legen. Das gelang ihm auch so gut, daß
er sich in kurzer Zeit hinweggeschwungen hatte über alles, was
schnöde Prosaiker Verstand und Vernunft nennen, und noch dazu
irrigerweise behaupten, daß beides mit der regsten Fantasie sehr
wohl bestehen könne. – Also von dem jungen Herrn Amandus von
Nebelstern war der Brief, den Fräulein Ännchen voller Freude öffnete und also las:

»Himmlische Maid!

Siehest du – empfindest du – ahnest du deinen Amandus, wie er selbst Blum und Blüte vom Orangenhauch des duftigen Abends umflossen, im Grase auf dem Rücken liegt und hinaufschaut mit Augen voll frommer Liebe und sehnender Andacht! – Thymian und Lavendel, Rosen und Nelken, wie auch gelbäugichte Narzissen und schamhafte Veilchen flicht er zum Kranz. Und die Blumen sind Liebesgedanken, Gedanken an dich, o Anna! – Doch geziemt begeisterten Lippen die nüchterne Prose? – Hör, o höre, wie ich nur sonettisch zu lieben, von meiner Liebe zu sprechen vermag.

Flammt Liebe auf in tausend durstigen Sonnen,
Buhlt Lust um Lust im Herzen ach so gerne.
Hinab aus dunklem Himmel strahlen Sterne
Und spiegeln sich im Liebestränenbronnen.

Entzücken, ach! zermalmen starke Wonnen
Die süße Frucht entsprossen bittrem Kerne,
Und Sehnsucht winkt aus violetter Ferne,
In Liebesschmerz mein Wesen ist zerronnen.

In Feuerwellen tost die stürmsche Brandung,
Dem kühnen Schwimmer will es keck gemuten
Im jähen mächtigen Sturz hinabzupurzeln.

Es blüht die Hyazinth der nahen Landung;
Das treue Herz keimt auf, will es verbluten,

Und Herzensblut ist selbst die schönst der Wurzeln!

Möchte, o Anna, dich, wenn du dieses Sonett aller Sonette liesest, all das himmlische Entzücken durchströmen, in das mein ganzes Wesen sich auflöste, als ich es niederschrieb und nachher mit göttlicher Begeisterung vorlas, gleichgestimmten des Lebens Höchstes ahnenden Gemütern. Denke, o denke, süßeste Maid, an deinen getreuen, höchst entzückten Amandus von Nebelstern.

N.S. Vergiß nicht, o hohe Jungfrau, wenn du mir antwortest, einige Pfund von dem Virginischen Tabak beizupacken, den du selbst ziehest. Er brennt gut, und schmeckt besser als der Portoriko, den hier die Burschen dampfen, wenn sie kneipen gehn.«

Fräulein Ännchen drückte den Brief an die Lippen und sprach dann:»Ach wie lieb, wie schön! – Und die allerliebsten Verschen, alles so hübsch gereimt. Ach wenn ich nur so klug wäre, alles zu verstehen, aber das kann wohl nur ein Student. – Was das nur zu bedeuten haben mag mit den Wurzeln. Ach gewiß meint er die langen roten englischen Karotten, oder am Ende gar die Rapuntika, der liebe Mensch!«

Noch denselben Tag ließ es sich Fräulein Ännchen angelegen sein, den Tabak einzupacken und dem Schulmeister zwölf der schönsten Gänsefedern einzuhändigen, damit er sie sorglich schneide. Fräulein Ännchen wollte sich noch heute hinsetzen, um die Antwort auf den köstlichen Brief zu beginnen. – Übrigens lachte es dem Fräulein Ännchen, als sie aus dem Küchengarten lief, wieder sehr vernehmlich nach, und wäre Ännchen nur was weniges achtsam gewesen, sie hätte durchaus das feine Stimmchen hören müssen, welches rief:»Zieh mich heraus, zieh mich heraus – ich bin reif – reif – reif!«Aber wie gesagt, sie achtete nicht darauf.

Zweites Kapitel,

welches das erste wunderbare Ereignis und andere lesenswerte Dinge enthält, ohne die das versprochene Mädchen nicht bestehen kann.

Der Herr Dapsul von Zabelthau stieg gewöhnlich mittags hinab von seinem astronomischen Turm, um mit der Tochter ein frugales Mahl einzunehmen, das sehr kurz zu dauern und wobei es sehr still herzugehen pflegte, da Dapsul das Sprechen gar nicht liebte. Ännchen fiel ihm auch gar nicht mit vielem Reden beschwerlich, und das um so weniger, da sie wohl wußte, daß, kam der Papa wirklich zum Sprechen, er allerlei seltsames unverständliches Zeug vorbrachte, wovon ihr der Kopf schwindelte. Heute war ihr ganzer Sinn aber so aufgeregt durch den Flor des Küchengartens und durch den Brief des geliebten Amandus, daß sie von beiden durcheinander sprach ohne Aufhören. Messer und Gabel ließ endlich Herr Dapsul von Zabelthau fallen, hielt sich beide Ohren zu und rief:»O des leeren, wüsten, verwirrten Geschwätzes!«Als nun aber Fräulein Ännchen ganz erschrocken schwieg, sprach er mit dem gedehnten weinerlichen Tone, der ihm eigen:»Was das Gemüse betrifft, meine liebe Tochter, so weiß ich längst, daß die diesjährige Zusammenwirkung der Gestirne solchen Früchten besonders günstig ist und der irdische Mensch wird Kohl und Radiese und Kopfsalat genießen, damit der Erdstoff sich mehre und er das Feuer des Weltgeistes aushalte wie ein gut gekneteter Topf. Das gnomische Prinzip wird widerstehen dem ankämpfenden Salamander, und ich freue mich darauf Pastinak zu essen, den du vorzüglich bereitest. Anlangend den jungen Herrn Amandus von Nebelstern, so habe ich nicht das mindeste dagegen, daß du ihn heiratest, sobald er von der Universität zurückgekehret. Laß es mir nur durch Gottlieb hinaufsagen, wenn du zur Trauung gehest mit deinem Bräutigam, damit ich euch geleite nach der Kirche.« – Herr Dapsul schwieg einige Augenblicke und fuhr dann ohne Ännchen, deren Gesicht vor Freude glühte über und über, anzublicken, lächelnd und mit der Gabel an sein Glas schlagend – beides pflegte er stets zu verbinden, es kam aber gar selten vor – also fort:»Dein Amandus ist einer, der da soll und muß, ich meine ein Gerundium, und ich will es dir nur gestehen, mein liebes Ännchen! daß ich diesem Gerundio schon sehr früh das Horoskop gestellt habe. Die Konstellationen sind sonst alle ziemlich günstig. Er hat den Jupiter im aufsteigenden Knoten, den die Venus im Gesechstschein ansiehet. Nur schneidet die Bahn des Sirius durch und gerade auf dem Durchschneidungspunkt steht eine große Gefahr, aus der er seine Braut rettet. Die Gefahr selbst ist unergründlich, da ein fremdartiges Wesen dazwischen tritt, das jeder astrologischen Wissenschaft Trotz zu bieten scheint. Gewiß ist es übrigens, daß nur der absonderliche psychische Zustand, den die Menschen Narrheit oder Verrücktheit zu nennen pflegen, dem Amandus jene Rettung möglich machen wird. O meine Tochter«, (hier fiel Herr Dapsul wieder in seinen gewöhnlichen weinerlichen Ton),»o meine Tochter, daß doch keine unheimliche Macht, die sich hämisch verbirgt vor meinen Seheraugen, dir plötzlich in den Weg treten, daß der junge Herr Amandus von Nebelstern doch nicht nötig haben möge, dich aus einer Gefahr zu retten als aus der, eine alte Jungfer zu werden!« – Herr Dapsul seufzte einige Male tief auf, dann fuhr er fort:»Plötzlich bricht aber nach dieser Gefahr die Bahn des Sirius ab und Venus und Jupiter, sonst getrennt, treten versöhnt wieder zusammen.«

Soviel als heute, sprach Herr Dapsul von Zabelthau schon seit Jahren nicht. Ganz erschöpft stand er auf und bestieg wieder seinen Turm. Ännchen wurde andern Tages ganz frühe mit der Antwort an den Herrn von Nebelstern fertig. Sie lautete also:

»Mein herzlieber Amandus!

Du glaubst gar nicht, was dein Brief mir wieder Freude gemacht hat. Ich habe dem Papa davon gesagt und der hat mir versprochen, uns in die Kirche zur Trauung zu geleiten. Mache nur, daß du bald zurückkehrst von der Universität. Ach, wenn ich nur deine allerliebsten Verschen, die sich so hübsch reimen ganz verstünde! – Wenn ich sie so mir selbst laut vorlese, dann klingt mir alles so wunderbar und ich glaube dabei, daß ich alles verstehe und dann ist alles wieder aus und verstoben und verflogen und mich dünkt's, als hätt ich bloß Worte gelesen, die gar nicht zusammengehörten. Der Schulmeister meint, das müsse so sein, das sei eben die neue vornehme Sprache, aber ich – ach! – ich bin ein dummes einfältiges Ding! – Schreibe mir doch, ob ich nicht vielleicht Student werden kann auf einige Zeit, ohne meine Wirtschaft zu vernachlässigen? Das wird wohl nicht gehen? Nun, sind wir erst Mann und Frau, da kriege ich wohl was ab von deiner Gelehrsamkeit und von der neuen vornehmen Sprache. Den virginischen Tabak schicke ich dir, mein herziges Amandchen. Ich habe meine Hutschachtel ganz vollgestopft, soviel hineingehen wollte und den neuen Strohhut derweile Karl dem Großen aufgesetzt, der in unserer Gaststube steht, wiewohl ohne Füße, denn es ist, wie du weißt, nur ein Brustbild. – Lache mich nicht aus, Amandchen, ich habe auch Verschen gemacht und sie reimen sich gut. Schreib mir doch, wie das kommt, daß man so gut weiß, was sich reimt, ohne gelehrt zu sein. Nun höre einmal:

Ich lieb dich, bist du mir auch ferne
Und wäre gern recht bald deine Frau.
Der heitre Himmel ist ganz blau,
Und abends sind golden alle Sterne.
Drum mußt du mich stets lieben
und mich auch niemals betrüben.
Ich schick dir Virginischen Tabak
Und wünsche, daß er dir wohl recht schmecken mag!

Nimm Vorlieb mit dem guten Willen, wenn ich die vornehme Sprache verstehen werde, will ich's schon besser machen. – Der gelbe Steinkopf ist dieses Jahr über alle Maßen schön geraten und die Krupbohnen lassen sich herrlich an, aber mein Dachshündchen, den kleinen Feldmann, hat gestern der böse Gänserich garstig ins Bein gebissen. Nun – es kann nicht alles vollkommen sein auf dieser Welt – hundert Küsse in Gedanken, mein liebster Amandus, deine treuste Braut, Anna von Zabelthau.

N. S. Ich habe in gar großer Eile geschrieben, deswegen sind die Buchstaben hin und wieder etwas krumm geraten.

N. S. Du mußt mir das aber beileibe nicht übelnehmen, ich bin dennoch, schreibe ich auch etwas krumm, geraden Sinnes und stets deine getreue Anna. –

N. S. Der Tausend, das hätte ich doch bald vergessen, ich vergeßliches Ding. Der Papa läßt dich schönstens grüßen und dir sagen, du seist einer, der da soll und muß, und würdest mich einst aus einer großen Gefahr retten. Nun darauf freue ich mich recht und bin nochmals deine dich liebendste, allergetreueste Anna von Zabelthau.«

Dem Fräulein Ännchen war eine große Last entnommen, als sie diesen Brief fertig hatte, der ihr nicht wenig sauer geworden. Ganz leicht und froh wurde ihr aber zumute, als sie auch das Kuvert zustandegebracht, es gesiegelt ohne das Papier oder die Finger zu verbrennen und den Brief nebst der Tabakschachtel, auf die sie ziemlich deutliches *A. v. N.* gepinselt, dem Gottlieb eingehändigt, um beides nach der Stadt auf die Post zu tragen. – Nachdem das Federvieh auf dem Hofe gehörig besorgt, lief Fräulein Ännchen geschwind nach ihrem Lieblingsplatz, dem Küchengarten. Als sie nach dem Mohrrübenacker kam, dachte sie daran, daß es nun offenbar an der Zeit sei, für die Leckermäuler in der Stadt zu sorgen und die ersten Mohrrüben auszuziehen. Die Magd wurde herbeigerufen, um bei der Arbeit zu helfen. Fräulein Ännchen schritt behutsam bis in die Mitte des Ackers, faßte einen stattlichen Krautbusch. Doch sowie sie zog, ließ sich ein seltsamer Ton vernehmen. – Man denke ja nicht an die Alraunwurzel und an das entsetzliche Gewinsel und Geheul, das, wenn man sie herauszieht aus der Erde, das menschliche Herz durchschneidet. Nein, der Ton, der aus der Erde zu kommen schien, glich einem feinen, freudigen Lachen. Doch aber ließ Fräulein Ännchen den Krautbusch wieder fahren und rief etwas erschreckt »I! – wer lacht denn da mich aus?« Als sich aber nichts vernehmen ließ, faßte sie noch einmal den Krautbusch, der höher und stattlicher emporgeschossen schien als alle andere, und zog beherzt, das Gelächter, das sich wieder hören ließ, gar nicht achtend die schönste, die zarteste der Mohrrüben aus der Erde. Doch sowie Fräulein Ännchen die Mohrrübe betrachtete, schrie sie laut auf vor freudigem Schreck, so daß die Magd herbeisprang und ebenso wie Fräulein Ännchen laut aufschrie über das hübsche Wunder, das sie gewahrte. Fest an der Mohrrübe angestreift saß nämlich ein herrlicher goldner Ring mit einem feuerfunkelnden Topas. »Ei«, rief die Magd, »der ist für Sie bestimmt. Fräulein Ännchen, das ist Ihr Hochzeitsring, den müssen Sie nur gleich anstecken!« – »Was sprichst du für dummes Zeug«, erwiderte Fräulein Ännchen, »den Trauring, den muß ich ja von dem Herrn Amandus von Nebelstern empfangen, aber nicht von einer Mohrrübe!« – Je länger Fräulein Ännchen den Ring betrachtete, desto mehr gefiel er ihr. Der Ring war aber auch wirklich von so feiner zierlicher Arbeit, daß er alles zu übertreffen schien, was jemals menschliche Kunst zustandegebracht. Den Reif bildeten hundert und hundert winzige Figürchen in mannigfaltigsten Gruppen verschlungen, die man auf den ersten Blick kaum mit dem bloßen Auge zu unterscheiden vermochte, die aber, sahe man den Ring länger und schärfer an, ordentlich zu wachsen, lebendig zu werden, in anmutigen Reihen zu tanzen schienen. Dann aber war das Feuer des Edelsteins von solch ganz besonderer Art, daß selbst unter den Topasen im grünen Gewölbe zu Dresden schwerlich ein solcher aufgefunden werden möchte. »Wer weiß«, sprach die Magd, »wie lange der schöne Ring tief in der Erde gelegen haben mag, und da ist er denn heraufgespatelt worden und die Mohrrübe ist durchgewachsen.« Fräulein Ännchen zog nun den Ring von der Mohrrübe ab und seltsam genug war es, daß diese ihr zwischen den Fingern durchglitschte und in dem Erdboden verschwand. Beide, die Magd und Fräulein Ännchen achteten aber nicht sonderlich darauf, sie waren zu sehr versunken in den Anblick des prächtigen Ringes, den Fräulein Ännchen nun ihne weiteres ansteckte an den kleinen Finger der rechten Hand. Sowie sie dies tat, empfand sie von der Grundwurzel des Fingers bis in die Spitze hinein einen stechenden Schmerz, der aber in demselben Augenblick wieder nachließ als sie ihn fühlte.

Natürlicherweise erzählte sie mittags dem Herrn Dapsul von Zabelthau, was ihr Seltsames auf dem Mohrrübenfelde begegnet, und zeigte ihm den schönen Ring, den die Mohrrübe aufgesteckt gehabt. Sie wollte den Ring, damit ihn der Papa besser betrachten könne, vom Finger herabziehn. Aber einen stechenden Schmerz empfand sie, wie damals, als sie den Ring aufsteckte, und dieser Schmerz hielt an, solange sie am Ringe zog, bis er zuletzt so unerträglich wurde, daß sie davon abstehen mußte. Herr Dapsul betrachtete den Ring an Ännchens Finger mit der gespanntesten Aufmerksamkeit, ließ Ännchen mit dem ausgestreckten Finger allerlei Kreise nach allen Weltgegenden beschreiben, versank dann in tiefes Nachdenken und bestieg, ohne nur ein einziges Wort weiter zu sprechen, den Turm. Fräulein Ännchen vernahm wie der Papa im Hinaufsteigen beträchtlich seufzte und stöhnte.

Andern Morgens, als Fräulein Ännchen sich gerade auf dem Hofe mit dem großen Hahn herumjagte, der allerlei Unfug trieb, und hauptsächlich mit den Tauben krakelte, weinte der Herr Dapsul von Zabelthau so erschrecklich durch das Sprachrohr herab, daß Ännchen ganz bewegt wurde und durch die hohle Hand hinaufrief: »Warum heulen Sie denn so unbarmherzig, bester Papa, das Federvieh wird ja ganz wild!« – Da schrie der Herr Dapsul durch das Sprachrohr herab: »Anna, meine Tochter Anna, steige sogleich zu mir herauf.« Fräulein Ännchen verwunderte sich höchlich über dieses Gebot, denn noch nie hatte sie der Papa auf den Turm beschieden, vielmehr dessen Pforte sorgfältig verschlossen gehalten. Es überfiel sie ordentlich eine gewisse Bangigkeit, als sie die schmale Wendeltreppe hinaufstieg und die schwere Tür öffnete, die in das einzige Gemach des Turmes führte. Herr Dapsul von Zabelthau saß von allerlei wunderlichen Instrumenten und bestaubten Büchern umgeben, auf einem großen Lehnstuhl von seltsamer Form. Vor ihm stand ein Gestell, das ein in einen Rahmen gespanntes Papier trug, auf dem verschiedene Linien gezeichnet. Er hatte eine hohe, spitze, graue Mütze auf dem Kopfe, trug einen weiten Mantel von grauem Kalmank und hatte einen langen weißen Bart am Kinn, so daß er wirklich aussah wie ein Zauberer. Eben wegen des falschen Bartes kannte Fräulein Ännchen den Papa anfangs gar nicht und blickte ängstlich umher, ob er etwa in einer Ecke des Gemachs vorhanden; nachher, als sie aber gewahrte, daß der Mann mit dem Barte wirklich Papachen sei, lachte Fräulein Ännchen recht herzlich und fragte: ob's denn schon Weihnachten sei und ob Papachen den Knecht Ruprecht spielen wolle?

Ohne auf Ännchens Rede zu achten, nahm Herr Dapsul von Zabelthau ein kleines Eisen zur Hand, berührte damit Ännchens Stirne und bestrich dann einigemale ihren rechten Arm von der Achsel bis in die Spitze des kleinen Ringefingers herab. Hierauf mußte sie sich auf den Lehnstuhl setzen, den Herr Dapsul verlassen und den kleinen beringten Finger auf das in den Rahmen gespannte Papier in der Art stellen, daß der Topas den Zentralpunkt, in den alle Linien zusammenliefen, berührte. Alsbald schossen aus dem Edelstein gelbe Strahlen ringsumher, bis das ganze Papier dunkelgelb gefärbt war, als spränge die kleinen Männlein aus des Ringes Reif lustig umher auf dem ganzen Blatt. Der Herr Dapsul, den Blick von dem

Papier nicht wegwendend, hatte indessen eine dünne Metallplatte ergriffen, hielt sie mit beiden Händen hoch in die Höhe und wollte sie niederdrücken auf das Papier, doch in demselben Augenblick glitschte er auf dem glatten Steinboden aus und fiel sehr unsanft auf den Hintern, während die Metallplatte, die er instinktmäßig losgelassen, um womöglich den Fall zu brechen und das Steißbein zu konservieren, klirrend zur Erde fiel. Fräulein Ännchen erwachte mit einem leisen »Ach!« aus dem seltsamen träumerischen Zustande, in den sie versunken. Herr Dapsul richtete sich mühsam in die Höhe, setzte den grauen Zuckerhut wieder auf, der ihm entfallen, brachte den falschen Bart in Ordnung und setzte sich dem Fräulein Ännchen gegenüber auf einige Folianten, die übereinandergetürmt. »Meine Tochter«, sprach er dann, »meine Tochter Anna, wie war dir soeben zumute? was dachtest, was empfandest du? welche Gestaltungen erblicktest du mit den Augen des Geistes in deinem Innern?«

»Ach«, erwiderte Fräulein Ännchen, »mir war so wohl zumute, so wohl, wie mir noch niemals gewesen. Dann dachte ich an den Herrn Amandus von Nebelstern. Ich sah ihn ordentlich vor Augen, aber er war noch viel hübscher als sonst und rauchte eine Pfeife von den virginischen Blättern, die ich ihm geschickt, welches ihm ungemein wohl stand. Dann bekam ich plötzlich einen ungemeinen Appetit nach jungen Mohrrüben und Bratwürstlein und war ganz entzückt, als das Gericht vor mir stand. Eben wollte ich zulangen, als ich wie mit einem jähen schmerzhaften Ruck aus dem Traum erwachte.«

» – Amandus von Nebelstern – Virginischer Kanaster – Mohrrüben – Bratwürste! – « So sprach Herr Dapsul von Zabelthau sehr nachdenklich, und winkte der Tochter, die sich entfernen wollte, zu bleiben.

»Glückliches unbefangenes Kind«, begann er dann mit einem Ton, der noch viel weinerlicher war, als sonst jemals, »das du nicht eingeweiht bist in die tiefen Mysterien des Weltalls, die bedrohlichen Gefahren nicht kennst, die dich umgeben. Du weißt nichts von jener überirdischen Wissenschaft der heiligen Kabbala. Zwar wirst du auch deshalb niemals der himmlischen Lust der Weisen teilhaftig werden die zur höchsten Stufe gelangt, weder essen noch trinken dürfen als nur zur Lust, und denen niemals Menschliches begegnet, du stehst aber auch dafür nicht die Angst des Ersteigens jener Stufe aus, wie dein unglücklicher Vater, den noch viel zu sehr menschlicher Schwindel anwandelt, und dem das was er mühsam erforscht, nur Grauen und Entsetzen erregt und der noch immer aus purem irdischen Bedürfnis essen und trinken und – überhaupt Menschliches tun muß. – Erfahre mein holdes mit Unwissenheit beglücktes Kind, daß die tiefe Erde, die Luft, das Wasser, das Feuer erfüllt ist mit geistigen Wesen höherer und doch wieder beschränkterer Natur als die Menschen. Es scheint unnötig, dir, mein Dümmchen, die besondere Natur der Gnomen, Salamander, Sylphen und Undinen zu erklären, du würdest es nicht fassen können. Um dir die Gefahr anzudeuten, in der du vielleicht schwebst, ist es genug, dir zu sagen, daß diese Geister nach der Verbindung mit den Menschen trachten, und da sie wohl wissen, daß die Menschen in der Regel solch eine Verbindung sehr scheuen, so bedienen sich die erwähnten Geister allerlei listiger Mittel, um den Menschen, dem sie ihre Gunst geschenkt, zu verlocken. Bald ist es ein Zweig, eine Blume, ein Glas Wasser, ein Feuerstrahl oder sonst etwas ganz geringfügig Scheinendes, was sie zum Mittel brauchen, um ihren Zweck zu erreichen. Richtig ist es, daß eine solche Verbindung oft sehr ersprießlich ausschlägt, wie denn einst zwei Priester, von denen der Fürst Mirandola erzählt, vierzig Jahre mit solch einem Geist in der glücklichsten Ehe lebten. Richtig ist ferner, daß die größten Weisen einer solchen Verbindung eines Menschen mit einem Elementargeist entsprossen. So war der große Zoroaster ein Sohn des Salamanders Oromasis, so waren der große Apollonius, der weise Merlin, der tapfre Graf von Cleve, der große Kabbalist Bensyra herrliche Früchte solcher Ehen, und auch die schöne Melusine war, nach dem Ausspruch des Paracelsus, nichts anders, als eine Sylphide. Doch demunerachtet ist die Gefahr einer solchen Verbindung nur zu groß, denn abgesehen davon, daß die Elementargeister von dem, dem sie ihre Gunst geschenkt, verlangen, daß ihm das hellste Licht der profundesten Weisheit aufgehe, so sind sie auch äußerst empfindlich, und rächen jede Beleidigung sehr schwer. So geschah es einmal, daß eine Sylphide, die mit einem Philosophen verbunden, als er mit seinen Freunden von einem schönen Frauenzimmer sprach, und sich vielleicht dabei zu sehr erhitzte, sofort in der Luft ihr schneeweißes schön geformtes Bein sehen ließ, gleichsam um die Freunde von ihrer Schönheit zu überzeugen, und dann den armen Philosophen auf der Stelle tötete. Doch ach – was spreche ich von anderen? warum spreche ich nicht von mir selbst? – Ich weiß, daß schon seit zwölf Jahren mich eine Sylphide liebt, aber ist sie scheu und schüchtern, so quält mich der Gedanke an die Gefahr. durch kabbalistische Mittel sie zu fesseln, da ich noch immer viel zu sehr an irdischen Bedürfnissen hänge, und daher der gehörigen Weisheit ermangle. Jeden Morgen nehme ich mir vor zu fasten, lasse auch das Frühstück glücklich vorübergehen, aber wenn dann der Mittag kommt – O Anna, meine Tochter Anna – du weißt es ja – ich fresse erschrecklich!« – Diese letzten Worte sprach der Herr Dapsul von Zabelthau mit beinahe heulendem Ton, indem ihm die bittersten Tränen über die eingefallenen Backen liefen; dann fuhr er beruhigter fort: »Doch bemühe ich mich gegen den mir gewogenen Elementargeist des feinsten Betragens, der ausgesuchtesten Galanterie. Niemals wage ich es eine Pfeife Tabak ohne die gehörigen kabbalistischen Vorsichtsmaßregeln zu rauchen, denn ich weiß ja nicht, ob mein zarter Luftgeist die Sorte liebet und nicht empfindlich werden könnte über die Verunreinigung seines Elements, weshalb denn auch alle diejenigen, die Jagdknaster rauchen, oder: Es blühe Sachsen niemals weise und der Liebe einer Sylphide teilhaft werden können. Ebenso verfahre ich, wenn ich mir einen Haselstock schneide, eine Blume pflücke, eine Frucht esse oder Feuer anschlage, da all mein Trachten dahin geht, es durchaus mit keinem Elementargeist zu verderben. Und doch – siehst du wohl jene Nußschale, über die ich ausglitschte und rücklings umstülpend das ganze Experiment verdarb, das mir das Geheimnis des Ringes ganz erschlossen haben würde? Ich erinnere mich nicht, jemals in diesem nur der Wissenschaft geweihten Gemach (du weißt nun, weshalb ich auf der Treppe frühstücke) Nüsse genossen zu haben, und um so klarer ist es, daß in diesen Schalen ein kleiner Gnome versteckt war, vielleicht um bei mir zu hospitieren und meinen Experimenten zuzulauschen. Denn die Elementargeister lieben die menschlichen Wissenschaften, vorzüglich solche, die das uneingeweihte Volk wo nicht albern und aberwitzig, so doch die Kraft des menschlichen Geistes übersteigend, und eben deshalb gefährlich nennt. Deshalb finden sie sich auch häufig ein bei den göttlichen magnetischen Operationen. Vorzüglich sind es aber die Gnomen, die ihre Fopperei nicht lassen können, und dem Magnetiseur, der noch nicht zu der Stufe der Weisheit gelangt ist, die ich erst beschrieben, und zu sehr hängt an irdischem Bedürfnis, ein verliebtes Erdenkind unterschieben in dem Augenblick, da er glaubte in völlig reiner abgeklärter Lust eine Sylphide zu umarmen. – Als ich nun dem kleinen Studenten auf den Kopf trat, wurde er böse und warf mich um. Aber einen tiefern Grund hatte wohl der Gnome, mir die Entzifferung des Geheimnisses mit dem Ringe zu verderben. – Anna! – meine Tochter Anna» – vernimm es – herausgebracht hatte ich, daß ein Gnome dir seine Gunst zugewandt, der, nach der Beschaffenheit des Ringes zu urteilen, ein reicher, vornehmer, und dabei vorzüglich feingebildeter Mann sein muß. Aber, meine teure Anna, mein vielgeliebtes herziges Dümmchen, wie willst du es anfangen, dich ohne die entsetzlichste Gefahr mit einem solchen Elementargeist in irgendeine Verbindung einzulassen? Hättest du den Cassiodorus Remus gelesen, so könntest du mir zwar entgegnen, daß nach dessen wahrhaftigem Bericht die berühmte Magdalena de la Croix, Äbtissin eines Klosters zu Cordua in Spanien dreißig Jahre mit einem kleinen Gnomen in vergnügter Ehe lebte, daß ein gleiches sich mit einem Sylphen und der jungen Gertrud, die Nonne war im Kloster Nazareth bei Köln, zutrug, aber denke an die gelehrten Beschäftigungen jener geistlichen Damen und an die deinigen. Welch ein Unterschied! statt in weisen Büchern zu lesen, fütterst du sehr oft Hühner, Gänse, Enten und andere jeden Kabbalisten molestierende Tiere; statt den Himmel, den Lauf der Gestirne zu beobachten, gräbst du in der Erde; statt in künstlichen horoskopischen Entwürfen die Spur der Zukunft zu verfolgen, stampfest du Milch zu Butter und machest Sauerkraut ein, zu schnödem winterlichen Bedürfnis, wiewohl ich selbst dergleichen Speisung ungern vermisse. Sage! kann das alles einem feinfühlenden philosophischen Elementargeist auf die Länge gefallen? – Denn, o Anna! durch dich blüht Dapsulheim, und diesem irdischen Beruf mag und kann dein Geist sich nimmer entziehen. Und doch empfandest du über den Ring, selbst da er dir bösen Schmerz erregte, eine ausgelassene unbesonnene Freude! – Zu deinem Heil wollt ich durch jene Operation die Kraft des Ringes brechen, dich ganz von dem Gnomen befreien, der dir nachstellt. Sie mißlang durch die Tücke des kleinen Studenten in der Nußschale. Und doch! – mir kommt ein Mut, den Elementargeist zu bekämpfen, wie ich ihn noch nie gespürt! – Du bist mein Kind – das ich zwar nicht mit einer Sylphide, Salamandrin oder sonst einem Elementargeist erzeugt, sondern mit jenem armen Landfräulein aus der besten Familie, die die gottvergessenen Nachbarn mit dem Spottnamen: Ziegenfräulein, verhöhnten, ihrer idyllischen Natur halber, die sie vermochte, jeden Tag eine kleine Herde weißer schmucker Ziegen selbst zu weiden auf grünen Hügeln, wozu ich, damals ein verliebter Narr auf meinem Turm die Schalmei blies. – Doch du bist und bleibst mein Kind, mein Blut! – Ich rette dich, hier diese mystische Feile soll dich befreien von dem verderblichen Ringe!«

Damit nahm Herr Dapsul von Zabelthau eine kleine Feile zur Hand, und begann an dem Ringe zu feilen. Kaum hatte er aber einigemal hin und her gestrichen, als Fräulein Ännchen vor Schmerz laut aufschrie:»Papa – Papa, Sie feilen mir ja den Finger ab!«So rief sie, und wirklich quoll dunkles dickes Blut unter dem Ringe hervor. Da ließ Herr Dapsul die Feile aus der Hand fallen, sank halb ohnmächtig in den Lehnstuhl und rief in aller Verzweiflung:»O! – o! – o! – es ist um mich geschehn! Vielleicht in dieser Stunde noch kommt der erzürnte Gnome und beißt mir die Kehle ab, wenn mich die Sylphide nicht rettet! – o Anna – Anna – geh – flieh!« –

Fräulein Ännchen, die sich bei des Papas wunderlichen Reden schon längst weit weg gewünscht hatte, sprang hinab mit der Schnelle des Windes.

Drittes Kapitel,

Es wird von der Ankunft eines merkwürdigen Mannes in Dapsulkeim berichtet und erzählt, was sich dann ferner begeben.

Der Herr Dapsul von Zabelthau hatte eben seine Tochter unter vielen Tränen umarmt und wollte den Turm besteigen, wo er jeden Augenblick den bedrohlichen Besuch des erzürnten Gnomen befürchtete. Da ließ sich heller lustiger Hörnerklang vernehmen, und hinein in den Hof sprengte ein kleiner Reiter von ziemlich sonderbarem possierlichen Ansehen. Das gelbe Pferd war gar nicht groß und von feinem zierlichen Bau, deshalb nahm sich auch der Kleine trotz seines unförmlich dicken Kopfs gar nicht so zwergartig aus, sondern ragte hoch genug über den Kopf des Pferdes empor. Das war aber bloß dem langen Leibe zuzuschreiben, denn was an Beinen und Füßen über den Sattel hing, war so wenig, daß es kaum zu rechnen. Übrigens trug der Kleine einen sehr angenehmen Habit von goldgelbem Atlas, eine ebensolche hohe Mütze mit einem tüchtigen grasgrünen Federbusch und Reitstiefel von schön poliertem Mahagoniholz. Mit einem durchdringenden Prrrrr! hielt der Reiter dicht vor dem Herrn von Zabelthau. Er schien absteigen zu wollen, plötzlich fuhr er aber mit der Schnelligkeit des Blitzes unter dem Bauch des Pferdes hinweg, schleuderte sich auf der anderen Seite zwei-, dreimal hintereinander zwölf Ellen hoch in die Lüfte, so daß er sich auf jeder Elle sechsmal überschlug, bis er mit dem Kopf auf dem Sattelknopf zu stehen kam. So galoppierte er, indem die Füßchen in den Lüften Trochäen, Phyrrhichien, Daktylen u.s.w. spielten, vorwärts, rückwärts, seitwärts in allerlei wunderlichen Wendungen und Krümmungen. Als der zierliche Gymnastiker und Reitkünstler endlich stillstand und höflich grüßte, erblickte man auf dem Boden des Hofes die Worte:»Sein Sie mir schönstens gegrüßt samt Ihrem Fräulein Tochter, mein hochverehrtester Herr Dapsul von Zabelthau!« Er hatte diese Worte mit schönen römischen Unzialbuchstaben in das Erdreich geritten. Hierauf sprang der Kleine vom Pferde, schlug dreimal Rad und sagte dann, daß er ein schönes Kompliment auszurichten habe an den Herrn Dapsul von Zabelthau, von seinem gnädigen Herrn, dem Herrn Baron Porphyrio von

Ockerodastes, genannt Corduanspitz, und wenn es dem Herrn Dapsul von Zabelthau nicht unangenehm wäre, so wolle der Baron auf einige Tage freundlich bei ihm einsprechen, da er künftig sein nächster Nachbar zu werden hoffe.

Herr Dapsul von Zabelthau glich mehr einem Toten als einem Lebendigen, so bleich und starr stand er da an seine Tochter gelehnt. Kaum war ein:»Wird – mir – sehr – erfreulich sein«, mühsam seinen bebenden Lippen entflohen, als der kleine Reiter sich mit denselben Zeremonien wie er gekommen, blitzschnell entfernte.

»Ach meine Tochter«, rief nun Herr Dapsul von Zabelthau heulend und schluchzend,»ach meine Tochter, meine arme unglückselige Tochter, es ist nur zu gewiß, es ist der Gnome, welcher kommt dich zu entführen und mir den Hals umzudrehen! – Doch wir wollen den letzten Mut aufbieten, den wir etwa noch besitzen möchten! Vielleicht ist es möglich, den erzürnten Elementargeist zu versöhnen, wir müssen uns nur so schicklich gegen ihn benehmen als es irgend in unserer Macht steht. – Sogleich werde ich dir, mein teures Kind, einige Kapitel aus dem Laktanz oder aus dem Thomas Aquinas vorlesen über den Umgang mit Elementargeistern, damit du keinen garstigen Schnitzer machst –« Noch ehe aber der Herr Dapsul von Zabelthau den Laktanz, den Thomas Aquinas oder einen anderen elementarischen Knigge herbeischaffen konnte, hörte man schon ganz in der Nähe eine Musik erschallen, die beinahe der zu vergleichen, die hinlänglich musikalische Kinder zum lieben Weihnachten aufzuführen pflegen. Ein schöner langer Zug kam die Straße herauf. Voran ritten wohl an sechzig, siebzig kleine Reiter auf kleinen gelben Pferden, sämtlich gekleidet wie der Abgesandte in gelben Habiten, spitzen Mützen und Stiefeln von poliertem Mahagoni. Ihnen folgte eine mit acht gelben Pferden bespannte Kutsche von dem reinsten Kristall, der noch ungefähr vierzig andere minder prächtige, teils mit sechs, teils mit vier Pferden bespannte Kutschen folgten. Noch eine Menge Pagen, Läufer und andere Diener schwärmten nebenher auf und nieder in glänzenden Kleidern angetan, so daß das Ganze einen ebenso lustigen als seltsamen Anblick gewährte. Herr Dapsul von Zabelthau blieb versunken in trübes Staunen. Fräulein Ännchen, die bisher nicht geahnt, daß es auf der ganzen Erde solch niedliche schmucke Dinger geben könne, als diese Pferdchen und Leutchen, geriet ganz außer sich und vergaß alles, sogar den Mund, den sie zum freudigen Ausruf weit genug geöffnet, wieder zuzumachen.

Die achtspännige Kutsche hielt dicht vor dem Herrn Dapsul von Zabelthau. Reiter sprangen von den Pferden, Pagen, Diener eilten herbei, der Kutschenschlag wurde geöffnet, und wer nun aus den Armen der Dienerschaft herausschwebte aus der Kutsche, war niemand anders als der Herr Baron Porphyrio von Ockerodastes, genannt Corduanspitz. – Was seinen Wuchs betraf, so war der Herr Baron bei weitem nicht dem Apollo von Belverdere, ja nicht einmal dem sterbenden Fechter zu vergleichen. Denn außerdem, daß er keine volle drei Fuß maß, so bestand auch der dritte Teil dieses kleinen Körpers aus dem offenbar zu großen dicken Kopfe, dem übrigens eine tüchtige lang gebogene Nase, sowie ein Paar große kugelrund hervorquellende Augen keine üble Zierde waren. Da der Leib auch etwas lang, so blieben für die Füßchen nur etwa vier Zoll übrig. Dieser kleine Spielraum war aber gut genutzt, denn an und vor sich selbst waren die freiherrlichen Füßchen die zierlichsten, die man nur sehen konnte. Freilich schienen sie aber zu schwach, das würdige Haupt zu tragen; der Baron hatte einen schwankenden Gang, stülpte auch wohl manchmal um, stand aber gleich wieder wie ein Stehaufmännchen auf den Füßen, so daß jenes Umstülpen mehr der angenehme Schnörkel eines Tanzes schien. Der Baron trug einen enge anschließenden Habit von gleißendem Goldstoff und ein Mützchen, das beinahe einer Krone zu vergleichen mit einem ungeheuren Busch von vielen krautgrünen Federn. Sowie der Baron nun auf der Erde stand, stürzte er auf den Herrn Dapsul von Zabelthau los, faßte ihn bei beiden Händen, schwang sich empor bis an den an seinen Hals, hing sich an diesen, rief mit einer Stimme, die viel stärker dröhnte als man es hätte der kleinen Statur zutrauen sollen:»O mein Dapsul von Zabelthau – mein teurer, innigstgeliebter Vater!« Darauf schwang der Baron sich ebenso behende und geschickt wieder herab von des Herrn Dapsuls Halse, sprang oder schleuderte sich vielmehr auf Fräulein Ännchen los, faßte die Hand mit dem beringten Finger, bedeckte sie mit laut schmatzenden Küssen und rief ebenso dröhnend als zuvor:»O mein allerschönstes Fräulein Anna von Zabelthau, meine geliebteste Braut!« Darauf klatschte der Baron in die Händchen und alsbald ging die gellende lärmende Kindermusik los, und über hundert kleine Herrlein, die den Kutschen und den Pferden entstiegen, tanzten wie erst der Kurier zum Teil auf den Köpfen, dann wieder auf den Füßen, in den zierlichsten Trochäen, Spondäen, Jamben, Pyrrhichien, Anapästen, Tribachen, Bachien, Antibachien, Choriamben und Daktylen, daß es eine Lust war. Während dieser Lust erholte sich aber Fräulein Ännchen von dem großen Schreck, den ihr des kleinen Barons Anrede verursacht und geriet in allerlei wohlgegründete ökonomische Bedenken. »Wie«, dachte sie, »ist es möglich, daß das kleine Volk Platz hat in diesem kleinen Hause? – Wäre es auch mit der Not entschuldigt, wenn ich wenigstens die Dienerschaft in die große Scheune bettete, hätten sie auch da wohl Platz? Und was fange ich mit den Edelleuten an, die in den Kutschen gekommen und gewiß gewohnt sind, in schönen Zimmern sanft und weich gebettet zu schlafen? – Sollten auch die beiden Ackerpferde heraus aus dem Stall, ja wäre ich unbarmherzig genug, auch den alten lahmen Fuchs herauszujagen ins Gras, ist dennoch wohl Platz genug für alle diese kleinen Bestien von Pferden, die der häßliche Baron mitgebracht? Und ebenso geht es ja mit den einundvierzig Kutschen! – Aber nun noch das Ärgste! – Ach du lieber Gott reicht denn der ganze Jahresvorrat wohl hin, all diese kleinen Kreaturen auch nur zwei Tage hindurch zu sättigen?« Dies letzte Bedenken war nun wohl das allerschlimmste. Fräulein Ännchen sah schon alles aufgezehrt, alles neue Gemüse, die Hammelherde, das Federvieh, das eingesalzene Fleisch, ja selbst den Runkelrübenspiritus und das trieb ihr die hellen Tränen in die Augen. Es kam ihr vor, als schnitte ihr eben der Baron Corduanspitz ein rechtes freches, schadenfrohes Gesicht und das gab ihr den Mut, ihm, als seine Leute noch im besten Tanzen begriffen waren, in dürren Worten zu erklären, daß, so lieb dem Vater auch sein Besuch sein möge, an einen längern als zweistündigen Aufenthalt in Dapsulheim doch gar nicht zu denken, da es an Raum und an allen übrigen Dingen, die zur Aufnahme und zur standesmäßigen Bewirtung eines solchen vornehmen reichen Herrn nebst seiner zahlreichen Dienerschaft nötig, gänzlich mangle. Da sah aber der kleine Corduanspitz plötzlich so ungemein süß und zart aus wie ein Marzipanbrötchen und versicherte, indem er mit zugedrückten Augen Fräulein Ännchens etwas rauhe und nicht zu weiße Hand an die Lippen drückte, daß er weit entfernt sei, dem lieben Papa und der schönsten Tochter auch nur die mindeste Ungelegenheit zu verursachen. Er führe alles mit sich, was Küche und Keller zu leisten habe, was aber die Wohnung betreffe, so verlange er nichts als ein Stückchen Erde und den freien Himmel darüber, damit seine Leute den gewöhnlichen Reisepalast bauen könnten, in dem er mitsamt seiner ganzen Dienerschaft und was derselben noch an Vieh anhängig, hausen werde.

Über diese Worte des Baron Porphyrio von Ockerodastes wurde Fräulein Ännchen so vergnügt, daß sie, um zu zeigen, es käme ihr auch eben nicht darauf an, ihre Leckerbissen preiszugeben, im Begriff stand, dem Kleinen Krapfkuchen, den sie von der letzten Kirchweih aufgehoben und ein Gläschen Runkelrübengeist anzubieten, wenn er nicht doppelten Bitter vorziehe, den die Großmagd aus der Stadt mitgebracht und als magenstärkend empfohlen. Doch in dem Augenblick setzte sich Corduanspitz hinzu, daß er zum Aufbau des Palastes den Gemüsegarten erkoren, und hin war Ännchens Freude! – Während aber die Dienerschaft um des Herrn Ankunft auf Dapsulheim zu feiern, ihre olympischen Spiele fortsetzte, indem sie bald mit den dicken Köpfen sich in die spitzen Bäuche rannten und rückwärts überschlugen, bald sich in die Lüfte schleuderten, bald unter sich kegelten, selbst Kegel, Kugel und Kegler vorstellend u.s.w., vertiefte sich der kleine Baron Porphyrio von Ockerodastes mit dem Herrn Dapsul von Zabelthau in ein Gespräch, das immer wichtiger zu werden schien, bis beide Hand in Hand sich fortbegaben und den astronomischen Turm bestiegen.

Voller Angst und Schreck lief nun Fräulein Ännchen eiligst nach dem Gemüsegarten, um zu retten, was noch zu retten möglich. Die Großmagd stand schon auf dem Felde und starrte mit offnem Munde vor sich her, regungslos, als sei sie verwandelt in eine Salzsäule wie Lots Weib. Fräulein Ännchen neben ihr erstarrte gleichermaßen. Endlich schrien aber beide, daß es weit in den Lüften umherschallte: »Ach mein Herr Jemine, was ist dann das für ein Unglück!« – Den ganzen schönen Gemüsegarten fanden sie verwandelt in eine Wüstenei. Da grünte kein Kraut, blühte keine Staude; es schien ein ödes verwüstetes Feld. »Nein«, schrie die Magd ganz erbost, »es ist nicht anders möglich, das haben die verfluchten kleinen Kreaturen getan, die soeben angekommen sind – in Kutschen sind sie gefahren? wollen wohl vornehme Leute vorstellen? – Ha ha! – Kobolde sind es, glauben Sie mir, Fräulein Ännchen, nichts als unchristliche Hexenkerls, und hätt ich nur ein Stückchen Kreuzwurzel bei der Hand, so sollten Sie ihre Wunder sehen. – Doch sie sollen nur kommen, die kleinen Bestien, mit diesem Spaten schlage ich sie tot!« Damit schwang die Großmagd ihre bedrohliche Waffe in den Lüften, indem Fräulein Ännchen laut weinte.

Es nahten sich indessen jetzt vier Herren auch Corduanspitzes Gefolge mit solchen angenehmen zierlichen Mienen und höflichen Verbeugungen, sahen auch dabei so höchst wunderbar aus, daß die Großmagd statt wie sie gewollt, gleich zuzuschlagen, den Spaten langsam sinken ließ, und Fräulein Ännchen einhielt mit Weinen.

Die Herren kündigten sich als die den Herrn Baron Porphyrio von Ockerodastes, genannt Corduanspitz, zunächst umgebende Freunde an, waren, wie es auch ihre Kleidung wenigstens symbolisch andeutete, von vier verschiedenen Nationen und nannten sich: Pan Kapustowicz aus Polen, Herr von Schwarzrettig aus Pommern, Signor di Broccoli aus Italien, Monsieur de Roccambolle aus Frankreich. Sie versicherten in sehr wohlklingenden Redensarten, daß sogleich die Bauleute kommen und dem allerschönsten Fräulein das hohe Vergnügen bereiten würden, in möglichster Schnelle einen hübschen Palast aus lauter Seide aufbauen zu sehen.

»Was kann mir der Palast aus Seide helfen«, rief Fräulein Ännchen laut weinend im tiefsten Schmerz, »was geht mich überhaupt euer Baron Corduanspitz an, da ihr mich um alles schöne Gemüse gebracht habt, ihr schlechten Leute, und alle meine Freude dahin ist.« Die höflichen Leute trösteten aber Fräulein Ännchen und versicherten, daß sie durchaus gar nicht schuld wären an der Verwüstung des Gemüsegartens, daß derselbe im Gegenteil bald wieder in einem solchen Flor grünen und blühen werde, wie ihn Fräulein Ännchen noch niemals und überhaupt noch keinen in der Welt gesehen.

Die kleinen Bauleute kamen auch wirklich und nun ging ein solches tolles wirres Durcheinandertreiben auf dem Acker los, daß Fräulein Ännchen sowohl als die Großmagd ganz erschrocken davonrannten bis an die Ecke eines Busches, wo sie stehenblieben und zuschauen wollten, wie sich dann alles begeben würde.

Ohne daß sie aber auch nur im mindesten begriffen, wie das mit rechten Dingen zugehen konnte, formte sich vor ihren Augen in wenigen Minuten ein hohes prächtiges Gezelt aus goldgelbem Stoff mit bunten Kränzen und Federn geschmückt, das den ganzen Raum des großen Gemüsegartens einnahm, so daß die Zeltschnüre über das Dorf weg bis in den nahgelegenen Wald gingen und dort an starken Bäumen befestigt waren.

Kaum war das Gezelt fertig, als der Baron Porphyrio von Ockerodastes mit dem Herrn Dapsul von Zabelthau hinabkam von dem astronomischen Turm, nach mehreren Umarmungen in die achtspännige Kutsche stieg, und nebst seinem Gefolge in derselben Ordnung wie er nach Dapsulheim gekommen, hineinzog in den seidenen Palast, der sich hinter dem letzten Mann zuschloß.

Nie hatte Fräulein Ännchen den Papa so gesehen. Auch die leiseste Spur von Betrübnis, von der er sonst stets heimgesucht, war weggetilgt von seinem Antlitz, es war beinahe als wenn er lächelte und dabei hatte sein Blick in der Tat etwas Verklärtes, das denn wohl auf ein großes Glück zu deuten pflegt, das jemandem ganz unvermutet über den Hals gekommen. – Schweigend nahm Herr Dapsul von Zabelthau Fräulein Ännchens Hand, führte sie hinein in das Haus, umarmte sie dreimal hintereinander und brach dann endlich los:»Glückliche Anna – überglückliches Kind! – glücklicher Vater! – O Tochter, alle Besorgnis, aller Gram, alles Herzeleid ist nun vorüber! – Dich trifft ein Los, wie es nicht so leicht einer Sterblichen vergönnt ist! Wisse, dieser Baron Porphyrio von Ockerodastes, genannt Corduanspitz, ist keineswegs ein feindseliger Gnome, wiewohl er von einem dieser Elementargeister abstammt, dem es aber gelang, seine höhere Natur durch den Unterricht des Salamanders Oromasis zu reinigen. Aus dem geläuterten Feuer ging aber die Liebe zu einer Sterblichen hervor, mit der er sich verband und Ahnherr der illüsternsten Familie wurde, durch deren Namen jemals ein Pergament geziert wurde. – Ich glaube dir, geliebte Tochter Anna, schon gesagt zu haben, daß der Schüler des großen Salamanders Oromasis, der edle Gnome Tsilmenech – ein chaldäischer Name, der in echtem reinen Deutsch so viel heißt, als Grützkopf – sich in die berühmte Magdalena de la Croix, Äbtissin eines Klosters zu Cordua in Spanien, verliebte, und wohl dreißig Jahre mit ihr in einer glücklichen vergnügten Ehe lebte. Ein Sprößling der sublimen Familie höherer Naturen, die aus dieser Verbindung sich fortpflanzte, ist nun der liebe Baron Porphyrio von Ockerodastes, der den Zunamen Corduanspitz angenommen, zur Bezeichnung seiner

Abstammung aus Cordua in Spanien, und um sich von einer mehr stolzen, im Grunde aber weniger würdigen Seitenlinie zu unterscheiden, die den Beinamen *Saffian* trägt. Daß dem Corduan ein Spitz zugesetzt worden, muß seine besonderen elementarisch-astrologischen Ursachen haben; ich dachte noch nicht darüber nach. Dem Beispiel seines großen Ahnherrn folgend, des Gnomen Tsilmenech, der die Magdalena de la Croix auch schon seit dem zwölften Jahre liebte, hat dir auch der vortreffliche Ockerodastes seine Liebe zugewandt, als du erst zwölf Jahre zähltest. Er war so glücklich von dir einen kleinen Goldreif zu erhalten, und nun hast du auch seinen Ring angesteckt, so daß du unwiderruflich seine Braut geworden!« –»Wie«, rief Fräulein Ännchen voll Schreck und Bestürzung,»wie? – seine Braut? – den abscheulichen Kobold soll ich heiraten? Bin ich denn nicht längst die Braut des Amandus von Nebelstern? – Nein! – nimmermehr nehme ich den häßlichen Hexenmeister zum Mann, und mag er tausendmal aus Corduan sein oder aus Saffian!« –»Da«, erwiderte Herr Dapsul von Zabelthau ernster werdend,»da sehe ich denn zu meinem Leidwesen, wie wenig die himmlische Weisheit deinen verstockten irdischen Sinn zu durchdringen vermag! Häßlich, abscheulich nennst du den edlen elementarischen Porphyrio von Ockerodastes, vielleicht weil er nur drei Fuß hoch ist, und außer dem Kopf an Leib, Arm und Bein und anderen Nebensachen nichts Erkleckliches mit sich trägt, statt daß ein solcher irdischer Geck, wie du ihn dir wohl denken magst, die Beine nicht lang genug haben kann, der Rockschöße wegen? O meine Tochter, in welchem heillosen Irrtum bist du befangen! – Alle Schönheit liegt in der Weisheit, alle Weisheit in dem Gedanken, und das physische Symbol des Gedankens ist der Kopf! – Je mehr Kopf, desto mehr Schönheit und Weisheit, und könnte der Mensch alle übrigen Glieder als schädliche Luxusartikel, die vom Übel, wegwerfen, er stände da als höchstes Ideal! Woraus entsteht alle Beschwerde, alles Ungemach, alle Zwietracht, aller Hader, kurz alles Verderben des Irdischen, als aus der verdammten Üppigkeit der Glieder? – O welcher Friede, welche Ruhe, welche Seligkeit auf Erden, wenn die Menschheit existierte ohne Leib, Steiß, Arm und Bein! – wenn sie aus lauter Büsten bestünde! – Glücklich ist daher der Gedanke der Künstler, wenn sie große Staatsmänner oder große Gelehrte als Büste darstellen, um symbolisch die höhere Natur anzudeuten, die ihnen inwohnen muß vermöge ihrer Charge oder ihrer Bücher! –

Also! meine Tochter Anna, nichts von Häßlichkeit, Abscheulichkeit oder sonstigem Tadel des edelsten der Geister, des herrlichen Porphyrio von Ockerodastes, dessen Braut du bist und bleibst! – Wisse, daß durch ihn auch dein Vater in kurzem die höchste Stufe des Glücks, dem er so lange vergebens nachgetrachtet, ersteigen wird. Porphyrio von Ockerodastes ist davon unterrichtet, daß mich die Sylphide Nehahilah (syrisch soviel als Spitznase) liebt, und will mir mit allen Kräften beistehen, daß ich der Verbindung mit dieser höheren geistigen Natur ganz würdig werde. – Du wirst, mein liebes Kind, mit deiner künftigen Stiefmutter wohl zufrieden sein. – Möge ein günstiges Verhängnis es so fügen, daß unsere beiden Hochzeiten zu einer und derselben glücklichen Stunde gefeiert werden könnten!« – Damit verließ der Herr Dapsul von Zabelthau, indem er der Tochter noch einen bedeutenden Blick zugeworfen, pathetisch das Zimmer.

Dem Fräulein Ännchen fiel es schwer aufs Herz, als sie sich erinnerte, daß ihr wirklich vor langer Zeit, da sie noch ein Kind, ein kleiner Goldreif vom Finger weg abhanden gekommen auf unbegreifliche Weise. Nun war es ihr gewiß, daß der kleine abscheuliche Hexenmeister sie wirklich in sein Garn verlockt, so daß sie kaum mehr entrinnen könne, und darüber geriet sie in die alleräußerste Betrübnis. Sie mußte ihrem gepreßten Herzen Luft machen und das geschah mittels des Gänsekiels, den sie ergriff und flugs an den Herrn Amandus von Nebelstern schrieb in folgender Weise:

»Mein herzliebster Amandus!

Es ist alles rein aus, ich bin die unglücklichste Person auf der ganzen Erde und schluchze und heule vor lauter Betrübnis so sehr, daß das liebe Vieh sogar Mitleid und Erbarmen mit mir hat, viel mehr wirst du davon gerührt werden; eigentlich geht das Unglück auch dich ebensogut an als mich, und du wirst dich ebenso betrüben müssen! Du weißt doch, daß wir uns so herzlich lieben als nur irgendein Liebespaar sich lieben kann, und daß ich deine Braut bin und daß uns der Papa zur Kirche geleiten wollte? – Nun! da kommt plötzlich ein kleiner garstiger gelber Mensch in einer achtspännigen Kutsche, von vielen Herren und Dienern begleitet, angezogen und behauptet, ich hätte mit ihm Ringe gewechselt und wir wären Braut und Bräutigam! – Und denke einmal wie schrecklich! der Papa sagt auch, daß ich den kleinen Unhold heiraten müsse, weil er aus einer sehr vornehmen Familie sei. Das mag sein, nach dem Gefolge zu urteilen und den glänzende Kleidern die sie tragen, aber einen solchen greulichen Namen hat der Mensch, daß ich schon deshalb niemals seine Frau werden mag. Ich kann die unchristlichen Wörter, aus denen der Name besteht, gar nicht einmal nachsprechen. Übrigens heißt er aber auch Corduanspitz und das ist eben der Familienname. Schreib mir doch, ob die Corduanspitze wirklich so erlaucht und vornehm sind, man wird das wohl in der Stadt wissen. Ich kann gar nicht begreifen, was dem Papa einfällt in seinen alten Tagen, er will auch noch heiraten und der häßliche Corduanspitz soll ihn verkuppeln an eine Frau die in den Lüften schwebt. – Gott schütze uns! – Die Großmagd zuckt die Achseln und meint, von solchen gnädigen Frauen, die in der Luft flögen und auf dem Wasser schwämmen, halte sie nicht viel, sie würde gleich aus dem Dienst gehen und wünsche meinetwegen, daß die Stiefmama wo möglich den Hals brechen möge bei dem ersten Lustritt zu St. Walpurgis. – Das sind schöne Dinge! – Aber auf dich steht meine ganze Hoffnung! – Ich weiß ja, daß du derjenige bist, der da soll und muß, und mich retten wirst aus großer Gefahr. Die Gefahr ist da, komm, eile, rette

deine bis in den Tod betrübte aber

getreueste Braut

N.S. Könntest du den kleinen gelben Corduanspitz nicht herausfordern? Du wirst gewiß gewinnen, denn er ist etwas schwach auf den Beinen.

N.S. Ich bitte dich nochmals, ziehe dich nur gleich an und eile zu deiner unglückseligsten, so wie oben aber getreuesten Braut, Anna von Zabelthau.«

Viertes Kapitel,

in welchem die Hofhaltung eines mächtigen Königs beschrieben, nächstdem aber von einem blutigen Zweikamp und anderen seltsamen Vorfällen Nachricht gegeben wird.

Fräulein Ännchen fühlte sich vor lauter Betrübnis wie gelähmt an allen Gliedern. Am Fenster saß sie mit übereinandergeschlagenen Armen und starrte hinaus ohne des Gackerns, Krähens, Mauzens und Piepens des Federviehs zu achten, das, da es zu dämmern begann, wie gewöhnlich von ihr zur Ruhe gebracht werden wollte. Ja, sie ließ es mit der größten Gleichgültigkeit geschehen, daß die Magd dies Geschäft besorgte und dem Haushahn, der sich in die Ordnung der Dinge nicht fügen, ja sich gegen die Stellvertreterin auflehnen wollte, mit der Peitsche einen ziemlich derben Schlag versetzte. Der eigne Liebesschmerz, der ihre Brust zerriß, raubte ihr alles Gefühl für das Leid des Zöglings ihrer süßesten Stunden, die sie der Erziehung gewidmet ohne den Chesterfield oder den Knigge zu lesen, ja ohne die Frau von Genlis oder andere seelenkennerische Damen zu Rate zu ziehen, die auf ein Haar wissen, wie junge Gemüter in die rechte Form zu kneten. – Man hätte ihr das als Leichtsinn anrechnen können.

Den ganzen Tag hatte sich Corduanspitz nicht sehen lassen, sondern war bei dem Herrn Dapsul von Zabelthau auf dem Turm geblieben, wo sehr wahrscheinlich wichtige Operationen vorgenommen sein mußten. Jetzt aber bemerkte Fräulein Ännchen den Kleinen, wie er im glühenden Schein der Abendsonne über den Hof wankte. Er kam ihr in seinem hochgelben Habit garstiger vor als jemals und die possierliche Art, wie er hin und her hüpfte, jeden Augenblick umzustülpen schien, sich wieder emporschleuderte, worüber ein anderer sich krank gelacht haben würde, verursachte ihr nur noch mehr Gram. Ja sie hielt endlich beide Hände vors Gesicht, um den widerwärtigen Popanz nur nicht ferner zu schauen. Da fühlte sie plötzlich, daß jemand sie an der Schürze zupfe. »Kusch, Feldmann!« rief sie, meinend es sei der Hund, der sie zupfe. Es war aber nicht der Hund, vielmehr erblickte Fräulein Ännchen, als sie die Hände vom Gesicht nahm, den Herrn Baron

Porphyrio von Ockerodastes, der sich mit einer beispiellosen Behendigkeit auf ihren Schoß schwang und sie mit beiden Armen umklammerte. Vor Schreck und Abscheu schrie Fräulein Ännchen laut auf und fuhr von dem Stuhl in die Höhe. Corduanspitz blieb aber an ihrem Halse hängen und wurde in dem Augenblick so fürchterlich schwer, daß er mit einem Gewicht von wenigstens zwanzig Zentnern das arme Ännchen pfeilschnell wieder herabzog auf den Stuhl, wo sie gesessen. Jetzt rutschte Corduanspitz aber auch sogleich herab von Ännchens Schoß, ließ sich so zierlich und manierlich, als es bei einigem Mangel an Gleichgewicht nur seinen Kräften stand, nieder auf sein rechtes kleines Knie und sprach dann mit einem klaren etwas besonders aber nicht eben widerlich klingenden Ton:»Angebetetes Fräulein Anna von Zabelthau, vortrefflichste Dame, auserwählteste Braut, nur keinen Zorn, ich bitte, ich flehe! – nur keinen Zorn, keinen Zorn! – Ich weiß, Sie glauben, meine Leute hätten Ihren schönen Gemüsegarten verwüstet, um meinen Palast zu bauen? O Mächte des Alls! – Könnten Sie doch nur hineinschauen in meinen geringen Leib und mein in lauter Liebe und Edelmut hüpfendes Herz erblicken! – Könnten Sie doch nur alle Kardinaltugenden entdecken, die unter diesem gelben Atlas in meiner Brust versammelt sind! – O wie weit bin ich von jener schmachvollen Grausamkeit entfernt, die Sie mir zutrauen! – Wie wär es möglich, daß ein milder Fürst seine eignen Unterta – doch halt! – halt! – Was sind Worte, Redensarten! – Schauen müssen Sie selbst, o Braut! ja schauen selbst die Herrlichkeiten, die Ihrer warten! Sie müssen mit mir gehen, ja mit mir gehen auf der Stelle, ich führe Sie in meinen Palast, wo ein freudiges Volk lauert auf die angebetete Geliebte des Herrn!«

Man kann denken, wie Fräulein Ännchen sich vor Corduanspitzes Zumutung entsetzte, wie sie sich sträubte dem bedrohlichen Popanz auch nur einen Schritt zu folgen. Corduanspitz ließ aber nicht nach, ihr die außerordentliche Schönheit, den grenzenlosen Reichtum des Gemüsegartens, der eigentlich sein Palast sei, mit solchen eindringlichen Worten zu beschreiben, daß sie endlich sich entschloß, wenigstens hineinzukucken, in das Gezelt, welches ihr denn doch ganz und gar nicht schaden könne. – Der Kleine schlug vor lauter Freude und Entzücken wenigstens zwölfmal hintereinander Rad, faßte aber dann aber sehr zierlich Fräulein Ännchens Hand und führte sie durch den Garten nach dem seidnen Palast. Mit einem lauten:»Ach!«blieb Fräulein Ännchen wie in den Boden gewurzelt stehen, als die Vorhänge des Einganges aufrollten und sich ihr die Aussicht eines unabsehbaren Gemüsegartens erschloß von solcher Herrlichkeit, wie sie auch in den schönsten Träumen von blühendem Kohl und Kraut, keinen jemals erblickt. Da grünte und blühte alles, was nur Kraut und Kohl und Rübe und Salat und Erbse und Bohne heißen mag, in funkelndem Schimmer und solcher Pracht, daß es gar nicht zu sagen. – Die Musik und Pfeifen und Trommeln und Zimbeln ertönte stärker und die vier artigen Herrn, die Fräulein Ännchen schon kennen gelernt, nämlich der Herr von Schwarzrettig, der Monsieur de Roccambolle, der Signor di Broccoli und der Pan Kapustowicz, nahten sich unter vielen zeremoniösen Bücklingen.

»Meine Kammerherrn«, sprach Porphyrio von Ockerodastes lächelnd, und führte, indem die genannten Kemmerherrn voranschritten, Fräulein Ännchen durch die Doppelreihe, welche die rote englische Karottengarde bildete, bis in die Mitte des Feldes, wo sich ein hoher prächtiger Thron erhob. Um diesen Thron waren die Großen des Reichs versammelt, die Salatprinzen mit den Bohnenprinzessinnen, die Gurkenherzoge mit dem Melonenfürsten an ihrer Spitze, die Kohlkopfminister, die Zwiebel- und Rübengeneralität, die Federkohldamen etc. alle in den glänzendsten Kleidern ihres Ranges und Standes. Und dazwischen liefen wohl an hundert allerliebste Lavendel- und Fenchelpagen umher und verbreiteten süße Gerüche. Als Ockerodastes mit Fräulein Ännchen den Thron bestiegen, winkte der Oberhofmarschall Turneps mit seinem langen Stabe und sogleich schwieg die Musik und alles horchte in stiller Ehrfurcht. Da erhob Ockerodastes seine Stimme und sprach sehr feierlich:»Meine getreuen und sehr lieben Untertanen! Seht hier an meiner Seite das edle Fräulein Anna von Zabelthau, das ich zu meiner Gemahlin erkoren. Reich an Schönheit und Tugend, hat sie euch schon lange mit mütterlich-liebenden Augen betrachtet, ja euch weiche, fette Lager bereitet und gehegt und gepflegt. Sie wird euch stets eine treue und würdige Landesmutter sein und bleiben. Bezeigt jetzt den ehrerbietigen Beifall, sowie ordnungsgemäßen Jubel über die Wohltat, die ich im Begriff stehe euch huldvoll zuzfließen zu lassen!« Auf ein zweites Zeichen des Oberhofmarschalls Turneps ging nun ein tausedstimmiger Jubel los, die Bohnenartillerie feuerte ihr Geschütz ab und die Musiker der Karottengarde spielten das bekannte Festlied: Salat-Salat und grüne Petersilie! – Es war ein erhabener Moment, der den Großen des Reichs, vorzüglich aber den Federkohldamen Tränen der Wonne entlockte. Fräulein Ännchen hätte beinahe auch alle Fassung verloren, als sie gewahrte, daß der Kleine eine von Diamanten funkelnde Krone auf dem Haupte, in der Hand aber ein goldenes Szepter trug.»Ei«, sprach sie, indem sie voll Erstaunen die Hände zusammenschlug,»ei du mein Herr Jemine! Sie sind ja wohl viel mehr als Sie scheinen, mein lieber Herr von Corduanspitz?« –»Angebetete Anna«, erwiderte Ockerodastes sehr sanft,»die Gestirne zwangen mich, bei Ihrem Herrn Vater unter einem erborgten Namen zu erscheinen. Erfahren Sie, bestes Kind, daß ich einer der mächtigsten Könige bin und ein Reich beherrsche, dessen Grenzen gar nicht zu entdecken sind, da sie auf der Karte zu illuminieren vergessen worden. Es ist der Gemüsekönig Daucus Carota der Erste, der Ihnen, o süßeste Anna, seine Hand und seine Krone darreicht. Alle Gemüsefürsten sind meine Vasallen und nur einen einzigen Tag im Jahr regiert, nach einem uralten Herkommen, der Bohnenkönig.« –»Also«, rief Fräulein Ännchen freudig,»also eine Königin soll ich werden und diesen herrlichen prächtigen Gemüsegarten besitzen?« König Daucus Carota versicherte nochmlas, daß dies allerdings der Fall sei und fügte hinzu, daß seiner und ihrer Herrschaft alles Gemüse unterworfen sein werde, das nur emporkeime aus der Erde. So was hatte nun Fräulein Ännchen wohl gar nicht erwartet und sie fand, daß der kleine Corduanspitz seit dem Augenblick, als er sich in den König Daucus Carota den Ersten umgesetzt, gar nicht mehr so häßlich war als vorher und daß ihm Krone und Szepter sowie der Königsmantel ganz ungemein artig standen. Rechnete noch Fräulein Ännchen sein artiges Benehmen und die Reichtümer hinzu, die ihr durch diese Verbindung zuteil wurden, so mußte sie wohl überzeugt sein, daß kein Landfräulein hienieden eine bessere Partie zu machen imstande als eben sie, die im Umsehen eine Königsbraut geworden. Fräulein Ännchen war deshalb auch über alle Maßen vergnügt und fragte den königlichen Bräutigam, ob sie nicht gleich in dem schönen Palast bleiben, und ob nicht morgigen Tages die Hochzeit gefeiert werden könne, König Daucus erwiderte indessen, daß, sosehr ihn die Sehnsucht der angebeteten Braut entzücke, er doch gewisser Konstellationen halber sein Glück noch verschieben müsse. Der Herr Dapsul von Zabelthau dürfe nämlich für jetzt den königlichen Stand seines Eidams durchaus nicht erfahren, da sonst die Operationen, die die gewünschte Verbindung mit der Sylphide Nehahila bewirken sollten, gestört werden könnten. Überdem habe er auch dem Herrn Dapsul von Zabelthau versprochen, daß beide Vermählungen an einem Tage gefeiert werden sollten. Fräulein Ännchen mußte feierlich geloben, dem Herrn Dapsul von Zabelthau auch nicht eine Silbe davon zu verraten, was sich mit ihr begeben, sie verließ dann den seidnen Palast unter dem lauten lärmenden Jubel des durch ihre Schönheit, durch ihr leutseliges herablassendes Betragen ganz in Wonne berauschten Volks.

Im Träume sah sie das Reich des allerliebsten Königs Daucus Carota noch einmal und schwamm in lauter Seligkeit. –

Der Brief, den sie dem Herrn Amandus von Nebelstern gesendet, hatte auf den armen Jüngling eine fürchterliche Wirkung gemacht. Nicht lange dauerte es, so erhielt Fräulein Ännchen folgende Antwort:

»Abgott meines Herzens, himmlische Anna!

Dolche, spitze, glühende, giftige, tötende Dolche waren mir die Worte deines Briefes, die meine Brust durchbohrten. O Anna! du sollst mir entrissen werden? Welch ein Gedanke! Ich kann es noch gar nicht begreifen, daß ich nicht auf der Stelle unsinnig geworden bin und irgendeinen fürchterlichen grausamen Spektakel gemacht habe! – Doch floh ich ergrimmt über mein todbringendes Verhängnis die Menschen, und lief gleich nach Tische ohne wie sonst Billard zu spielen, hinaus in den Wald, wo ich die Hände rang und tausendmal deinen Namen rief! – Es fing gewaltig an zu regnen und ich hatte gerade eine ganz neue Mütze von rotem Samt mit einer prächtigen goldnen Troddel aufgesetzt. Die Leute sagen, daß noch keine Mütze so mir zu Gesicht gestanden, als diese. – Der Regen konnte das Prachtstück des Geschmacks verderben, doch was frägt die Verzweiflung der Liebe nach Mützen, nach Samt und Gold! – So lange lief ich umher, bis ich ganz durchnäßt und durchkältet war und ein entsetzliches Bauchgrimmen fühlte. Das trieb mich in das nahgelegene Wirtshaus, wo ich mir exzellenten Glühwein machen ließ und dazu eine Pfeife deines himmlischen Virginiers rauchte. – Bald fühlte ich mich von einer göttlichen Begeisterung erhoben, ich riß meine Brieftasche hervor, warf in aller Schnelle ein Dutzend herrliche Gedichte hin und, o wunderbare Gabe der Dichtkunst! – beides war verschwunden, Liebesverzweiflung und Bauchgrimmen. – Nur das letzte dieser Gedichte will ich dir mitteilen und auch dich, o Zierde der Jungfrauen, wird, wie mich, freudige Hoffnung erfüllen!

Winde mich in Schmerzen,
Ausgelöscht im Herzen
Sind die Liebeskerzen,
Mag nie wieder scherzen!
Doch der Geist, er neigt sich,
Wort und Reim erzeugt sich,
Schreibe Verslein nieder.
Froh bin ich gleich wieder,
Tröstend in dem Herzen
Flammen Liebeskerzen,
Weg sind alle Schmerzen,
Mag auch freundlich scherzen.

Ja, meine süße Anna! – bald eile ich, ein schützender Ritter herbei, und entreiße dich dem Bösewicht, der dich mir rauben will! – Damit du indessen bis dahin nicht verzweifelst, schreibe ich dir einige göttliche trostreiche Kernsprüche aus meines herrlichen Meisters Schatzkästlein her; du magst dich daran erlaben.

Die Brust wird weit, dem Geiste wachsen Flügel?
Sei Herz, Gemüt, doch lustger Eulenspiegel!

Liebe kann die Liebe hassen,
Zeit auch wohl die Zeit verpassen.

Die Lieb ist Blumenduft, ein Sein ohn Unterlaß,
O Jüngling, wasch den Pelz, doch mach ihn ja nicht
naß!

Sagst du, im Winter weht frostiger Wind?
Warm sind doch Mäntel, wie Mäntel nun sind!

Welche göttliche, erhabene, überschwengliche Maximen. – Und wie einfach, wie anspruchslos, wie körnicht ausgedrückt! – Nochmals also, meine süßeste Maid! Sei getrost, trage mich im Herzen wie sonst. Es kommt, es rettet dich, es drückt dich an seine im Liebessturm wogende Brust

dein getreuester

Amandus von Nebelstern.

N.S. Herausfordern kann ich den Herrn von Corduanspitz auf keinen Fall. Denn, o Anna! jeden Tropfen Bluts, der deinem Amandus entquillen könnte bei dem feindlichen Angriff eines verwegenen Gegners, ist herrliches Dichterblut, der Ichor der Götter, der nicht verspritzt werden darf. Die Welt hat den gerechten Anspruch, daß ein Geist wie ich sich für sie schone, auf alle mögliche Weise konserviere. – Des Dichters Schwert ist das Wort, der Gesang. Ich will meinem Nebenbuhler auf den Leib fahren mit tyrtäischen Schlachtliedern, ihn niederstoßen mit spitzen Epigrammen, ihn niederhauen mit Dithyramben voll Liebeswut – das sind die Waffen des echten wahren Dichters, die immerdar siegreich ihn sicherstellen gegen jeden Angriff, und so gewaffnet und gewappnet werde ich erscheinen und mir deine Hand erkämpfen o Anna!

Lebe wohl, und nochmals drücke ich dich an meine Brust! – Hoffe alles von meiner Liebe und vorzüglich von meinem Helden mut, der keine Gefahr scheuen wird, dich zu befreien aus den schändlichen Netzen, in die dich allem Anschein nach ein dämonischer Unhold verlockt hat!«

Fräulein Ännchen erhielt diesen Brief, als sie gerade mit dem bräutigamlichen König Daucus Carota dem Ersten auf der Wiese hinter dem Garten Haschemännchen spielte und große Freude hatte, wenn sie sich in vollem Lauf schnell niederduckte und der kleine König über sie wegschoß. Aber nicht wie sonst, steckte sie das Schreiben des Geliebten ohne es zu lesen in die Tasche und wir werden gleich sehen, daß es zu spät gekommen.

Gar nicht begreifen konnte Herr Dapsul von Zabelthau, wie Fräulein Ännchen ihren Sinn so plötzlich geändert und den Herrn Porphyrio von Ockerodastes, den sie erst so abscheulich gefunden, liebgewonnen hatte. Er befragte darüber die Gestirne, da diese ihm aber auch keine befriedigende Antwort gaben, so mußte er dafürhalten, daß des Menschen Sinn unerforschlicher sei als alle Geheimnisse des Weltalls und sich durch keine Konstellation erfassen lasse. – Daß nämlich bloß die höhere Natur des Bräutigams auf Ännchen zur Liebe gewirkt haben solle, konnte er, da es dem Kleinen an Liebesschönheit gänzlich mangelte, nicht annehmen. War, wie der geneigte Leser schon vernommen, der Begriff von Schönheit, wie ihn der Herr Dapsul von Zabelthau statuierte, auch himmelweit von dem verschieden, wie ihn junge Mädchen in sich tragen, so hatte er doch wenigstens so viel irdische Erfahrung, um zu wissen, daß besagte Mädchen meinen, Verstand, Witz, Geist, Gemüt, seien gute Mietsleute in einem schönen Hause, und daß ein Mann, dem ein modischer Frack nicht zum besten steht, und sollte er sonst ein Shakespeare, ein Goethe, ein Tieck, ein Friedrich Richter sein, Gefahr läuft, von jedem hinlänglich angenehm gebauten Husarenleutnant in der Staatsuniform gänzlich aus dem Felde geschlagen zu werden, sobald es ihm einfällt, einem jungen Mädchen entgegenzurücken. – Bei Fräulein Ännchen hatte sich das nun zwar ganz anders zugetragen und es handelte sich weder um Schönheit noch um Verstand, indessen trifft es sich wohl selten, daß ein armes Landfräulein plötzlich Königin werden soll und konnte daher von dem Herrn Dapsul von Zabelthau nicht wohl vermutet werden, zumal ihn auch hier die Gestirne im Stich ließen.

Man kann denken, daß die drei Leute, Herr Porphyrio von Ockerodastes, Herr Dapsul von Zabelthau und Fräulein Ännchen ein Herz und eine Seele waren. Es ging so weit, daß Herr Dapsul von Zabelthau öfter als sonst jemals geschehn, den Turm verließ, um mit dem geschätzten Eidam über allerlei vergnügliche Dinge zu plaudern und vorzüglich pflegte er nun sein Frühstück jedesmal unten im Hause einzunehmen. Um diese Zeit kam denn auch Herr Porphyrio von Ockerodastes aus seinem seidenen Palast hervor, ließ sich von Fräulein Ännchen mit Butterbrot füttern: »Ach ach«, kicherte Fräulein Ännchen ihm oft ins Ohr, »ach ach, wenn der Papa wüßte, daß Sie eigentlich ein König sind, bester Corduanspitz.« – »Halt dich Herz«, erwiderte Daucus Carota der Erste, »halt dich Herz, und vergeh nicht in Wonne. – Nah, nah ist dein Freudentag!« –

Es begab sich, daß der Schulmeister dem Fräulein Ännchen einige Bund der herrlichsten Radiese aus seinem Garten verehrt hatte. Dem Fräulein Ännchen war das über alle Maßen lieb, da Herr Dapsul von Zabelthau sehr gern Radiese aß, Ännchen aber aus dem Gemüpsegarten, über den der Palast erbaut war, nichts entnehmen konnte. Überdem fiel ihr aber auch jetzt erst ein, daß sie unter den mannigfaltigsten Kräutern und Wurzeln im Palast, nur allein Radiese nicht gewahrt hatte.

Fräulein Ännchen putzte die geschenkten Radiese schnell ab, und trug sie dem Vater auf zum Frühstück. Schon hatte Herr Dapsul von Zabelthau mehreren unbarmherzig die Blätterkrone weggeschnitten, sie ins Salzfaß gestippt und vergnüglich verzehrt, als Corduanspitz hereintrat. »O mein Ockerodastes, genießen Sie Radiese!« so rief ihm Herr Dapsul von Zabelthau entgegen. Es lag noch ein großer, vorzüglich schöner Radies auf dem Teller. Kaum erblickte Corduanspitz aber diesen, als seine Augen grimmig zu funkeln begannen und er mit fürchterlich dröhnender Stimme rief: »Was, unwürdiger Herzog, Ihr wagt es noch, vor meinen Augen zu erscheinen, ja Euch mit verruchter Unverschämtheit einzudrängen, in ein Haus, das beschirmt ist von meiner Macht? Habe ich Euch, der mir den rechtmäßigen Thron streitig machen wollte, nicht verbannt auf ewige Zeiten? – Fort, fort mit Euch, verräterischer Vasall!« Dem Radies waren plötzlich zwei Beinchen unter dem dicken Kopf gewachsen, mit denen er schnell aus dem Teller hinabsprang, dann stellte er sich dicht hin vor Corduanspitz und ließ sich also vernehmen: »Grausamer Daucus Carota der Erste, der du vergebens trachtest, meinen Stamm zu vernichten! Hat je einer deines Geschlechts einen solchen großen Kopf gehabt als ich und meine Verwandten? – Verstand Weisheit, Scharfsinn, Courtoisie, mit allem dem sind wir begabt, und während ihr Euch herumtreibt in Küchen und in Ställen und nur in hoher Jugend etwas geltet, so daß recht eigentlich der *diable de la jeunesse* nur euer schnell vorüberfliehendes Glück macht, so genießen wir des Umgangs hoher Personen und mit Jubel werden wir begrüßt, sowie wir nur unsere grünen Häupter erheben! – Aber ich trotze dir, o Daucus Carota, bist du auch gleich ein ungeschlachter Schlingel wie alle deinesgleichen! – Laß sehen, wer hier der Stärkere ist!« – Damit schwang der Radiesherzog eine lange Peitsche und ging ohne weiteres dem König Daucus Carota dem Ersten zu Leibe. Dieser zog aber schnell seinen kleinen Degen und verteidigte sich auf die tapferste Weise. In den seltsamsten tollsten Sprüngen balgten sich nun die beiden Kleinen im Zimmer umher, bis Daucus Carota den Radiesherzog so in die Enge trieb, daß er genötigt wurde, mit einem kühnen Sprung durchs offne Fenster das Weite zu suchen. König Daucus Carota, dessen ganz ungemeine Behendigkeit dem geneigten Leser schon bekannt ist, schwang sich aber nach und verfolgte den Radiesherzog über den Acker. – Herr Dapsul von Zabelthau hatte dem schercklichen Zweikampf zugeschaut in dumpfer lautloser Erstarrung. Nun brach er aber heulend und schreiend los:»O Tochter Anna! – o meine arme unglückselige Tochter Anna! – verloren – ich – du – beide sind wir verloren, verloren.« – Und damit lief er aus der Stube und bestieg so schnell als er es nur vermochte den astronomischen Turm. –

Fräulein Ännchen konnte gar nicht begreifen, gar nicht vermuten, was in aller Welt den Vater auf einmal in solch grenzenlose Betrübnis versetzt. Ihr hatte der ganze Auftritt ungemeines Vergnügen verursacht und sie war noch in ihrem Herzen froh, bemerkt zu haben, daß der Bräutigam nicht allein Stand und Reichtum sondern auch Tapferkeit besaß, wie es denn wohl nicht leicht ein Mädchen auf Erden geben mag, die einen Feigling zu lieben imstande. Nun sie eben von der Tapferkeit des Königs Daucus Carota des Ersten überzeugt worden, fiel es ihr erst recht empfindlich auf, daß Herr Amandus von Nebelstern sich nicht mit ihm schlagen wollen.

Hätte sie noch geschwankt den Herrn Amandus dem Könige Daucus dem Ersten aufzuopfern, sie würde sich jetzt dazu entschlossen haben, da ihr die ganze Herrlichkeit ihres neuen Brautstandes einleuchtete. Sie setzte sich flugs hin und schreib folgenden Brief:

»Mein lieber Amandus!

,Alles in der Welt kann sich ändern, alles ist vergänglich', sagt der Herr Schulmeister und er hat vollkommen recht. Auch du, mein lieber Amandus, bist ein viel zu weiser und gelehrter Student, als daß du dem Herrn Schulmeister nicht beipflichten und dich nur im mindesten verwundern solltest, wenn ich dir sage, daß auch in meinem Sinn und Herzen sich eine kleine Veränderung zugetragen hat – du kannst es mir glauben, ich bin dir noch recht sehr gut und kann es mir recht vorstellen, wie hübsch du aussehen mußt in der roten Samtmütze mit Gold, aber was das Heiraten betrifft – sieh lieber Amandus, so gescheut du auch bist und so hübsche Verslein du auch zu machen verstehst, König wirst du doch nun und nimmermehr werden, und – erschrick nicht, Liebster – der kleine Herr von Corduanspitz ist nicht der Herr von Corduanspitz, sondern ein mächtiger König, namens Daucus Carota der Erste, der da herrscht über das ganze große Gemüsereich und mich erkoren hat zu seiner Königin! – Seit der Zeit, daß mein lieber kleiner König das Inkognito abgeworfen ist er auch viel hübscher geworden und ich sehe jetzt erst recht ein, daß der Papa recht hatte, wenn er behauptete, daß der Kopf die Zierde des Mannes sei und daher nicht groß genug sein könne. Dabei hat aber Daucus Carota der Erste – du siehst, wie gut ich den schönen Namen behalten und nachschreiben kann, da er mir ganz bekannt vorkommt – ja, ich wollte sagen, dabei hat mein kleiner königlicher Bräutigam ein so angenehmes allerliebstes Betragen, daß es gar nicht auszusprechen. Und welch ein Mut, welche Tapferkeit besitzt der Mann! Vor meinen Augen hat er den Radiesherzog, der ein unartiger aufsässiger Mensch zu sein scheint, in die Flucht geschlagen und hei! wie er ihm nachsprang durchs Fenster! du hättest das nur sehen sollen! – Ich glaube auch nicht, daß mein Daucus Carota sich aus deinen Waffen etwas machen wird, er scheint ein fester Mann, dem Verse, sind sie auch noch so fein und spitzig, nicht viel anhaben können. – Nun also, lieber Amandus, füge dich in dein Schicksal wie ein frommer Mensch und nimm es nicht übel, daß ich nicht deine Frau, sondern vielmehr Königin werde. Sei aber getrost, ich werde immer deine wohlaffektionierte Freundin bleiben und willst du künftig bei der Karottengarde, oder da du nicht sowohl die Waffen als die Wissenschaften liebst, bei der Pastinakenakademie oder bei dem Kürbisministerium angestellt sein, so kostet dich's nur ein Wort und dein Glück ist gemacht. Lebe wohl und sei nicht böse auf deine sonstige Braut, jetzt aber wohlmeinende Freundin

und künftige Königin

Anna von Zabelthau

(bald aber nicht mehr von Zabelthau, sondern bloß Anna).

N.S. Auch mit den schönsten virginischen Blättern sollst du gehörig versorgt werden, du kannst dich darauf festiglich verlassen. So wie ich beinahe vermuten muß, wird zwar an meinem Hofe gar nicht geraucht werden, deshalb sollen aber doch sogleich nicht weit vom Thron unter meiner besonderen Aufsicht einige Beete mit virginischem Tabak angepflanzet werden. Das erfordert die Kultur und die Moral und mein Daucuschen soll darüber ein besonderes Gesetz schreiben lassen.«

Fünftes Kapitel,

in welchem von einer fürchterlichen Katastrophe Nachricht gegeben und mit dem weitern Verlauf der Dinge fortgefahren wird.

Fräulein Ännchen hatte gerade ihr Schreiben an den Herrn Amandus von Nebelstern fortgesendet, als Herr Dapsul von Zabelthau hereintrat und mit dem weinerlichsten Ton des tiefsten Schmerzes begann:»O meine Tochter Anna! auf welche schändliche Weise sind wir beide betrogen! Dieser Verruchte, der dich in seine Schlingen verlockte, der mir weismachte, er sei der Baron Porphyrio von Ockerodastes, genannt Corduanspitz, Sprößling jenes illüstren Stammes, den der überherrliche Gnome Tsilmenech im Bündnis schuf mit der edlen corduanischen Äbtissin , dieser Verruchte – erfahr es und sinke ohnmächtig nieder! – er ist selbst ein Gnome, aber jenes niedrigsten Geschlechts, das die Gemüse bereitet! – Jener Gnome Tsilmenech war von dem edelsten Geschlecht, nämlich von dem, dem die Pflege der Diamanten anvertraut ist. Dann kommt das Geschlecht derer, die im Reich des Metallkönigs die Metalle bereiten, dann folgen die Blumisten, die deshalb nicht so vornehm sind, weil sie von den Sylphen abhängen. Die schlechtesten und unedelsten sind aber die Gemüsegnomen, und nicht allein daß der betrügerische Corduanspitz ein solcher Gnome ist, nein er ist König dieses Geschlechts und heißt Daucus Carota!« – Fräulein Ännchen sank keineswegs in Ohnmacht, erschrak auch nicht im allermindesten, sondern lächelte den lamentierenden Papa ganz freundlich an; der geneigte Leser weiß schon warum! – Als nun aber der Herr Dapsul von Zabelthau sich darüber höchlich verwunderte und immer mehr in Fräulein Ännchen drang, doch nur um des Himmels willen ihr fürchterliches Geschick einzusehen und sich zu grämen, da glaubte Fräulein Ännchen nicht länger das ihr anvertraute Geheimnis bewahren zu dürfen. Sie erzählte dem Herrn Dapsul von Zabelthau, wie der sogenannte Herr Baron von Corduanspitz ihr längst selbst seinen eigentlichen Stand entdeckt und seit der Zeit ihr so liebenswürdig vorgekommen sei, daß sie durchaus gar keinen andern Gemahl wünsche. Sie beschrieb dann ferner all die wunderbaren Schönheiten des Gemüsereichs, in das sie König Daucus Carota der Erste eingeführt, und vergaß nicht die seltsame Anmut der mannigfachen Bewohner dieses Reichs gehörig zu rühmen.

Herr Dapsul von Zabelthau schlug ein Mal über das andere die Hände zusammen und weinte sehr über die tückische Bosheit des Gnomenkönigs, der die künstlichsten, ja für ihn selbst gefährlichsten Mittel angewandt, die unglückselige Anna hinabzuziehen in sein finstres dämonisches Reich.

So herrlich, erklärte jetzt Herr Dapsul von Zabelthau der aufhorchenden Tochter, so herrlich, so ersprießlich die Verbindung irgendeines Elementargeistes mit einem menschlichen Prinzip sein könne, so sehr die Ehe des Gnomen Tsilmenech mit der Magdalena de la Croix davon ein Beispiel gebe, weshalb denn auch der verräterische Daucus Carota ein Sprößling dieses Stammes zu sein behauptet, so ganz anders verhalte es sich doch mit den Königen und Fürsten dieser Geistervölkerschaften. Wären die Salamanderkönige bloß zornig, die Sylphenkönige bloß hoffärtig, die Undinenköniginnen bloß sehr verliebt und eifersüchtig, so wären dagegen die Gnomenkönige tückisch, boshaft und grausam; bloß um sich an den Erdenkindern zu rächen, die ihnen Vasallen entführt, trachteten sie darnach irgendeines zu verlocken, das dann die menschliche Natur ganz ablege und ebenso mißgestaltet wie die Gnomen selbst, hinunter müsse in die Erde und nie wieder zum Vorschein komme.

Fräulein Ännchen schien all das Nachteilige, dessen Herr Dapsul von Zabelthau ihren lieben Daucus beschuldigte, gar nicht recht glauben zu wollen, vielmehr begann sie noch einmal von den Wundern des schönen Gemüsereichs zu sprechen, über das sie nun bald zu herrschen gedenke.

»Verblendetes«, rief aber nun Herr Dapsul von Zabelthau voller Zorn, »verblendetes törichtes Kind! – Trauest du deinem Vater nicht so viel kabbalistische Weisheit zu, daß er nicht wissen sollte, wie alles, was der verruchte Daucus Carota dir vorgegaukelt hat, nichts ist, als Lug und Trug? – Doch du glaubst mir nicht, um dich mein einziges Kind zu retten, muß ich dich überzeugen, diese Überzeugung verschaffe ich dir aber durch die verzweifeltsten Mittel. – Komm mit mir!«

Zum zweitenmal mußte nun Fräulein Ännchen mit dem Papa den astronomischen Turm besteigen. Aus einer großen Schachtel holte Herr Dapsul von Zabelthau eine Menge gelbes, rotes, weißes und grünes Band hervor, und umwickelte damit unter seltsamen Zeremonien Fräulein Ännchen von Kopf bis Fuß. Mir sich selbst tat er ein gleiches und nun nahten beide, Fräulein Ännchen und der Herr Dapsul von Zabelthau sich behutsam dem seidnen Palast des Königs Daucus Carota des Ersten. Fräulein Ännchen mußte auf Geheiß des Papas mit der mitgebrachten feinen Schere eine Naht auftrennen und durch die Öffnung hineinkucken.

Hilf Himmel! was erblickte sie statt des schönen Gemüsegartens, statt der Karottengarde, der Plümagedamen, der Lavendelpagen, der Salatprinzen und alles dessen, was ihr so wunderbar herrlich erschienen war? – In einen tiefen Pfuhl sah sie hinab, der mit einem farblosen ekelhaften Schlamm gefüllt schien. Und in diesem Schlamm regte und bewegte sich allerlei häßliches Volk aus dem Schoß der Erde. Dicke Regenwürmer ringelten sich langsam durcheinander, während käferartige Tiere ihre kurzen Beine ausstreckend schwerfällig fortkrochen. Auf ihrem Rücken trugen sie große Zwiebeln, die hatten aber häßliche menschliche Gesichter und grinsten und schielten sich an mit trüben gelben Augen und suchten sich mit den kleinen Krallen, die ihnen dicht an die Ohren gewachsen waren, bei den langen krummen Nasen zu packen und hinunterzuziehen in den Schlamm, während lange nackte Schnecken in ekelhafter Trägheit sich durcheinanderwälzten und ihre langen Hörner emporstreckten aus der Tiefe. – Fräulein Ännchen wäre bei dem scheußlichen Anblick vor Grauen bald in Ohnmacht gesunken. Sie hielt beide Hände vors Gesicht und rannte schnell davon.

»Siehst du nun wohl«, sprach darauf der Herr Dapsul von Zabelthau zu ihr,»siehst du nun wohl, wie schändlich dich der abscheuliche Daucus Carota betrogen hat, da er dir eine Herrlichkeit zeigte, die nur ganz kurze Zeit dauert? – O! Festkleider ließ er seine Vasallen anziehen und Staatsuniformen seine Garden, um dich zu verlocken mit blendender Pracht! Aber nun hast du das Reich im Negligé geschaut, das du beherrschen wirst und bist du nun einmal Gemahlin des entsetzlichen Daucus Carota, so mußt du in dem unterirdischen Reiche bleiben und kommst nie mehr auf die Oberfläche der Erde! – Und wenn – ach – ach! was muß ich erblicken, ich unglückseligster der Väter!«

Der Herr Dapsul von Zabelthau geriet nun plötzlich so außer sich, daß Fräulein Ännchen wohl erraten konnte, es müsse noch ein neues Unglück im Augenblick hereingebrochen sein. Sie fragt ängstlich, worüber denn der Papa so entsetzlich lamentiere; der konnte aber vor lauter Schluchzen nichts als stammeln:» – O – o – To-ch-ter – wie – si-ehst – d-u – a-u-s!« Fräulein Ännchen rannte ins Zimmer, sah in den Spiegel und fuhr zurück von jähem Todesschreck erfaßt. –

Sie hatte Ursache dazu, die Sache war diese: eben als Herr Dapsul von Zabelthau der Braut des König Daucus Carota die Augen öffnen wollte über die Gefahr, in der sie schwebe nach und nach ihr Ansehen , ihre Gestalt zu verlieren und sich allmählich umzuwandeln in das wahrhafte Bild einer Gnomenkönigin, da gewahrte er, was schon Entsetzliches geschehen. Viel dicker war Ännchens Kopf geworden und safrangelb ihre Haut, so daß sie jetzt schon hinlänglich garstig erschien. War nun auch Fräulein Ännchen nicht gar besonders eitel, so fühlte sie sich doch Mädchen genug, um einzusehen, daß Häßlichwerden das allergrößte entsetzlichste Unglück sei, das einen hienieden treffen könne. Wie oft hatte sie an die Herrlichkeit gedacht, wenn sie künftig als Königin mit der Krone auf dem Haupte in atlassenen Kleidern, mit diamantnen und goldnen Ketten und Ringen geschmückt in der achtspännigen Karosse an der Seite des königlichen Gemahls sonntags nach der Kirche fahren und alle Weiber, des Schulmeisters Frau nicht ausgenommen, in Erstaunen setzen, ja auch wohl der stolzen Gutsherrschaft des Dorfs, zu dessen Kirchsprengel Dapsulheim gehörte, Respekt einflößen werde; ja! – wie oft hatte sie sich in solchen und andern exzentrischen Träumen gewiegt! – Fräulein Ännchen zerfloß in Tränen!

»Anna – meine Tochter Anna, komme sogleich zu mir herauf!« So rief Herr Dapsul von Zabelthau durch das Sprachrohr herab.

Fräulein Ännchen fand den Papa angetan in einer Art von Bergmannstracht. Er sprach mit Fassung:»Gerade wenn die Not am größten, ist die Hilfe oft am nächsten. Daucus Carota wird, wie ich soeben ermittelt, heute, ja wohl bis morgen mittag nicht seinen Palast verlassen. Er hat die Prinzen des Hauses, die Minister und andere Große des Reichs versammelt, um Rat zu halten über den künftigen Winterkohl. Die Sitzung ist wichtig und wird vielleicht so lange dauern, daß wir dieses Jahr keinen Einterkohl bekommen werden. Diese Zeit, wenn Daucus Carota in seine Regierungsarbeit vertieft auf mich und meine Arbeit nicht zu merken vermag, will ich benutzen, um eine Waffe zu bereiten, mit der ich vielleicht den schändlichen Gnomen bekämpfe und besiege, so daß er entweichen und dir die Freiheit lassen muß. Blicke, während ich hier arbeite unverwandt durch jenen Tubus nach dem Gezelt und meld es mir ungesäumt, wenn du bemerkst, daß jemand hinausschaut oder gar hinausschreitet.« – Fräulein Ännchen tat wie ihr geboten, das Gezelt blieb aber verschlossen; nur vernahm sie, unerachtet Herr Dapsul von Zabelthau wenige Schritte hinter ihr stark auf Metallplatten hämmerte, oft ein wildes verwirrtes Geschrei, das aus dem Gezelt zu kommen schien und dann helle klatschende Töne, gerade als würden Ohrfeigen ausgeteilt. Sie sagte das dem Herrn Dapsul von Zabelthau, der war damit sehr zufrieden und meinte, je toller sie sich dort drinnen untereinander zankten, desto weniger könnten sie bemerken, was draußen geschmiedet würde zu ihrem Verderben.

Nicht wenig verwunderte sich Fräulein Ännchen, als sie gewahrte, daß der Herr Dapsul von Zabelthau ein paar ganz allerliebste Kochtöpfe und ebensolche Schmorpfannen aus Kupfer gehämmert hatte. Als Kennerin überzeugte sie sich, daß die Verzinnung außerordentlich gut geraten, daß der Papa daher die den Kupferschmieden durch die Gesetze auferlegte Pflicht gehörig beobachtet habe und fragte, ob sie das feine Geschirr nicht mitnehmen könne zum Gebrauch in der Küche? Da lächelte aber Herr Dapsul von Zabelthau geheimnisvoll und erwiderte weiter nichts, als: »Zur Zeit, zur Zeit, meine Tochter Anna, gehe jetzt herab, mein geliebtes Kind! und erwarte ruhig, was sich morgen weiteres in unserm Hause begeben wird.« –

Herr Dapsul von Zabelthau hatte gelächelt und *das* war es, was dem unglückseligen Ännchen Hoffnung einflößte und Vertrauen.

Andern Tages, als die Mittagszeit nahte, kam der Herr Dapsul von Zabelthau herab mit seinen Kochtöpfen und Schmorpfannen, begab sich in die Küche und gebot dem Fräulein Ännchen nebst der Magd hinauszugehen, da er allein heute das Mittagsmahl bereiten wolle. Dem Fräulein Ännchen legte er es besonders ans Herz, gegen den Corduanspitz, der sich wohl bald einstellen werde, so artig und liebevoll zu sein als nur möglich.

Corduanspitz oder vielmehr König Daucus Carota der Erste kam auch wirklich bald und hatte er sonst schon verliebt genug getan, so schien er heute ganz Entzücken und Wonne. Zu ihrem Entsetzen bemerkte Fräulein Ännchen, wie sie schon so klein geworden, daß Daucus sich ohne große Mühe auf ihren Schoß schwingen und sie herzen und küssen konnte, welches die Unglückliche dulden mußte trotz ihres tiefen Abscheus gegen den kleinen abscheulichen Unholg.

Endlich trat Herr Dapsul von Zabelthau ins Zimmer und sprach: »O mein vortrefflichster Porphyrio von Ockerodastes, möchten Sie sich nicht mit mir und meiner Tochter in die Küche begeben, um zu beobachten, wie schön und wirtlich Ihre künftige Gemahlin alles darin eingerichtet hat?«

Noch niemals hatte Fräulein Ännchen in des Papas Antlitz den hämischen schadenfrohen Blick bemerkt, mit dem er den kleinen Daucus beim Arm faßte und beinahe mit Gewalt hinauszog aus der Stube in die Küche. Fräulein Ännchen folgte auf den Wink ihres Vaters.

Das Herz kochte dem Fräulein Ännchen im Leibe, als sie das herrlich knisternde Feuer, die glühenden Kohlen, die schmucken kupfernen Kochtöpfe und Schmorpfannen auf dem Herde bemerkte. Sowie der Herr Dapsul von Zabelthau den Corduanspitz dicht heranführte an den Herd, da begann es stärker und stärker in den Töpfen und Pfannen zu zischen und zu brodeln und das Zischen und Brodeln wurde zu ängstlichem Winseln und Stöhnen. Und aus einem Kochtopf heulte es heraus:»O Daucus Carota! o mein König, rette deine getreuen Vasallen, rette uns arme Mohrrüben! – Zerschnitten, in schnödes Wasser geworfen, mit Butter und Salz gefüttert zu unserer Qual schmachten wir in unnennbarem Leid, das edle Petersilienjünglinge mit uns teilen!« Und aus der Schmorpfanne klagte es:»O Daucus Carota! o mein König! rette deine getreuen Vasallen, rette uns arme Mohrrüben! – in der Hölle braten wir und so wenig Wasser gab man uns, daß der fürchterliche Durst uns zwingt unser eignes Herzblut zu trinken.« Und aus einem andern Kochtopf wimmerte es wieder:»O Daucus Carota! o mein König!

rette deine getreuen Vasallen, rette uns arme Mohrrüben! – Ausgehölt hat uns ein grausamer Koch, unser Innerstes zerhackt und es mit allerlei fremdartigem Zeug von Eiern, Sahne und Butter wieder hineingestopft, so daß alle unsere Gesinnungen und sonstige Verstandeskräfte in Konfusion geraten und wir selbst nicht mehr wissen, was wir denken!« Und nun heulte und schrie es aus allen Kochtöpfen und Schmorpfannen durcheinander:»O Daucus Carota, mächtiger König, rette o rette deine getreue Vasallen, rette uns arme Mohrrüben!« Da kreischte Corduanspitz laut auf:»Verfluchtes dummes Narrenspiel!« schwang sich mit seiner gewöhnlichen Behendigkeit auf den Herd, schaute in einen der Kochtöpfe und plumpste plötzlich hinein. Rasch sprang Herr Dapsul von Zabelthau hinzu und wollte den Deckel des Topfs schließen, indem er aufjauchzte:»Gefangen!« Doch mit der Schnellkraft einer Spiralfeder fuhr Corduanspitz aus dem Topfe in die Höhe und gab dem Herrn Dapsul von Zabelthau ein paar Maulschellen daß es krachte, indem er rief:»Einfältiger naseweiser Kabbalist, dafür sollst du büßen! – Heraus, heraus ihr Jungen allzumal!«

Und da brauste es aus allen Töpfen, Tiegeln und Pfannen heraus wie das wilde Heer und hundert und hundert kleine fingerlange garstige Kerlchen hakten sich fest an dem ganzen Leibe des Herrn Dapsul von Zabelthau und warfen ihn rücklings nieder in eine große Schüssel und richteten ihn an, indem sie aus allen Geschirren die Brühen über ihn ausgossen und ihn mit gehackten Eiern, Muskatblüten und geriebener Semmel bestreuten. Dann schwang sich Daucus Carota zum Fenster hinaus und seine Vasallen taten ein gleiches.

Entsetzt sank Fräulein Ännchen bei der Schüssel nieder, auf der der arme Papa angerichtet lag: sie hielt ihn für tot, da er durchaus nicht das mindeste Lebenszeichen von sich gab. Sie begann zu klagen:»Ach mein armer Papa – ach nun bist du tot, und nichts rettet mich mehr vorm höllischen Daucus!« Da schlug aber Herr Dapsul von Zabelthau die Augen auf, sprang mit verjüngter Kraft aus der Schüssel und schrie mit einer entsetzlichen Stimme, wie sie Fräulein Ännchen noch niemals von ihm vernommen:»Ha, verruchter Daucus Carota, noch sind meine Kräfte nicht erschöpft! – Bald sollst du fühlen, was der einfältige naseweise Kabbalist vermag!« – Schnell mußte Fräulein Ännchen ihm mit dem Küchenbesen die gehackten Eier, die Muskatblüten, die geriebene Semmel abkehren, dann ergriff er einen kupfernen Kochtopf, stülpte ihn wie einen Helm auf den Kopf, nahm eine Schmorpfanne in die linke, in die rechte Hand aber einen großen eisernen Küchenlöffel und sprang so gewaffnet hinaus ins Freie. Fräulein Ännchen gewahrte, wie Herr Dapsul von Zabelthau im gestrecktesten Lauf nach Corduanspitzes Gezelt rannte und doch nicht von der Stelle kam. Darüber vergingen ihr die Sinne.

Als sie sich erholte, war Herr Dapsul von Zabelthau verschwunden und sie geriet in entsetzliche Angst als er den Abend, die Nacht, ja den andern Morgen nicht wiederkehrte. Sie mußte den noch schlimmern Ausgang eines neuen Unternehmens vermuten.

Sechstes Kapitel,

welches das letzte und zugleich das erbaulichste ist von allen.

In tiefes Leid versenkt saß Fräulein Ännchen einsam in ihrem Zimmer als die Türe aufging und niemand anders hereintrat, als der Herr Amandus von Nebelstern. Ganz Reue und Scham vergoß Fräulein Ännchen einen Tränenstrom und bat in den kläglichsten Tönen:»O mein herzlieber Amandus, verzeihe doch nur, was ich dir in meiner Verblendung geschrieben! Aber ich war ja verhext und bin es wohl noch. Rette mich, rette mich mein Amandus! – Gelb seh ich aus und garstig, das ist Gott zu klagen, aber mein treues Herz habe ich bewahrt und will keine Königsbraut sein!«

»Ich weiß nicht«, erwiderte Amandus von Nebelstern,»ich weiß nicht, worüber Sie so klagen, mein bestes Fräulein, da Ihnen das schönste, herrlichste Los beschieden.« – »O spotte nicht«, rief Fräulein Ännchen,»ich bin für meinen einfältigen Stolz, eine Königin werden zu wollen, hart genug bestraft!«

»In der Tat«, sprach Herr Amandus von Nebelstern,»ich verstehe Sie nicht, mein teures Fräulein Ännchen. – Soll ich aufrichtig sein, so muß ich bekennen, daß ich über Ihren letzten Brief in Wut geriet und Verzweiflung. Ich prügelte den Burschen, dann den Pudel, zerschmiß einige Gläser – und Sie wissen, mit einem racheschnaubenden Studenten treibt man keinen Spaß! Nachdem ich mich aber ausgetobt, beschloß ich hierherzueilen, um mit eignen Augen zu sehen, wie, warum und an wen ich die geliebte Braut verloren. – Die Liebe kennt Stand und Rang, ich wollte selbst den König Daucus Carota zur Rede stellen und ihn fragen, ob das Tusch sein solle oder nicht, wenn er meine Braut heirate. – Alles gestaltete sich hier indessen anders. Als ich nämlich bei dem schönen Gezelt vorüberging, das draußen aufgeschlagen, trat König Daucus Carota aus demselben heraus und bald gewahrte ich, daß ich den liebenswürdigsten Fürsten vor mir hatte, den es geben mag, wiewohl mir bis jetzt noch eben keiner vorgekommen: denn denken Sie sich, mein Fräulein, er spürte gleich in mir den sublimen Poeten, rühmte meine Gedichte, die er noch nicht gelesen, über allen Maßen und machte mir den Antrag als Hofpoet in seine Dienste zu gehen. Ein solches Unterkommen war seit langer Zeit meiner feurigsten Wünsche schönstes Ziel, mit tausend Freuden nahm ich daher den Vorschlag an. O mein teures Fräulein! mit welcher Begeisterung werde ich Sie besingen! Ein Dichter kann verliebt sein in Königinnen und Fürstinnen, oder vielmehr es gehört zu seinen Pflichten, eine solche hohe Person zur Dame seines Herzens zu erkiesen und verfällt er darüber in einigen Aberwitz, so ergibt sich eben daraus das göttliche Delirium, ohne das keine Poesie bestehen mag und niemand darf sich über die vielleicht etwas seltsamen Gebärden des Dichters wundern, sondern vielmehr an den großen Tasso denken, der auch etwas am gemeinen Menschenverstande gelitten haben soll, da er sich verliebt hatte in die Prinzessin Leonore d'Este. – Ja, mein teures Fräulein, sie sind auch bald eine Königin, da sollen Sie doch die Dame meines Herzens bleiben, die ich bis zu den hohen Sternen erheben werde in den sublimsten göttlichen Versen!«

»Wie, du hast ihn gesehen, den hämischen Kobold und er hat –« so brach Fräulein Ännchen los im tiefsten Erstaunen, doch in dem Augenblick trat er selbst, der kleine gnomische König hinein, und sprach mit dem zärtlichsten Ton:»O meine süße liebe Braut, Abgott meines Herzens fürchten Sie sich ja nicht, daß ich der kleinen Unschicklichkeit halber, die Herr Dapsul von Zabelthau begnagen, zürne. Nein! – schon deshalb nicht, weil eben dadurch mein Glück befördert worden, so daß, wie ich gar nicht gehofft, schon morgen meine feierliche Vermählung mit Ihnen, Holdeste! erfolgen wird. Gern werden Sie es sehen, daß ich den Herrn Amandus von Nebelstern zu unserm Hofpoeten erkoren und ich wünsche, daß er gleich eine Probe seines Talentes ablegen und uns eins vorsingen möge. Wir wollen aber in die Laube gehen, denn ich liebe die freie Natur, ich werde mich auf Ihren Schoß setzen und Sie können mich, geliebteste Braut, während des Gesanges etwas im Kopfe krauen, welches ich gern habe bei solcher Gelegenheit!«

Fräulein Ännchen ließ erstarrt vor Angst und Entsetzen alles geschehen. Daucus Carota setze sich draußen in der Laube auf ihren Schoß, sie kratzte ihn im Kopfe und Herr Amandus von Nebelstern begann, sich auf der Gitarre begleitend, das erste der zwölf Dutzend Lieder, die er sämtlich selbst gedichtet und komponiert und in ein dickes Buch zusammengeschrieben hatte.

Schade ist es, daß in der Chronik von Dapsulheim, aus der diese ganze Geschichte geschöpft, diese Lieder nicht aufgeschrieben, sondern nur bemerkt worden, daß vorübergehende Bauern stehengeblieben und neugierig gefragt, was für ein Mensch denn in der Laube des Herrn Dapsul von Zabelthau solche Qualen litte, daß er solch entsetzliche Schmerzenslaute von sich geben müsse.

Daucus Carota wand und krümmte sich auf Fräulein Ännchens Schoß und stöhnte und winselte immer jämmerlicher, als litte er an fürchterlichem Bauchgrimmen. Auch glaubte Fräulein Ännchen zu ihrem nicht geringen Erstaunen zu bemerken, daß Corduanspitz während des Gesanges immer kleiner und kleiner wurde. Endlich sang Herr Amandus von Nebelstern (das einzige Lied steht wirklich in der Chronik) folgende sublime Verse:

»Ha! wie singt der Sänger froh!
Blütendüfte, blanke Träume,
Ziehn durch rosge Himmelsräume,
Selig, himmlisch Irgendwo!
Ja du goldnes Irgendwo,
Schwebst im holden Regenbogen,
Hausest dort auf Blumenwogen,
Bist ein kindliches so so!
Hell Gemüt, ein Herz so so,
Mag nur lieben, mag nur glauben,
Tändeln, girren mit den Tauben,
Und das singt der Sänger froh.
Selgem fernem Irgendwo
Zieht er nach durch goldne Räume,
Ihn umschweben süße Träume
Und er wird ein ewges So!
Geht ihm auf der Sehnsucht Wo,
Lodern bald die Liebesflammen,
Gruß und Kuß, ein traut Zusammen
Und die Blüten, Düfte, Träume,
Lebens, Liebens, Hoffens Keime
Und –«

Laut kreischte Daucus Carota auf, schlüpfte zum kleinen, kleinen Mohrrübchen geworden, herab von Ännchens Schoß und in die Erde hinein, so daß er in einem Moment spurlos verschwunden. Da stieg auch der graue Pilz, der dicht neben der Rasenbank in der Nacht gewachsen schien, in die Höhe, der Pilz war aber nichts anders als die graue Filzmütze des Herrn Dapsul von Zabelthau und er selbst steckte darunter und fiel dem Herrn Amandus von Nebelstern stürmisch an die Brust und rief in der höchsten Ekstase:»O mein teuerster, bester, geliebtester Herr Amandus von Nebelstern! Sie haben mit Ihrem kräftigen Beschwörungsgedicht meine ganze kabbalistische Weisheit zu Boden geschlagen. Was ist die tiefste magische Kunst, was der kühnste Mut des verzweifelnden Philosophen nicht vermochte, das gelang Ihren Versen, die wie das stärkste Gift dem verräterischen Daucus Carota in den Leib fuhren, so daß er trotz seiner gnomischen Natur vor Bauchgrimmen elendiglich umkommen müssen, wenn er sich nicht schnell gerettet hätte in sein Reich! Befreit ist meine Tochter Anna, befreit bin ich von dem schrecklichen Zauber, der mich hier gebannt hielt, so daß ich ein schnöder Pilz scheinen und Gefahr laufen mußte, von den Händen meiner eignen Tochter geschlachtet zu werden! – Denn die Gute vertilgt schonungslos mit scharfem Spaten alle Pilze in Garten und Feld, wenn sie nicht gleich ihren edlen Charakter an den Tag legen wie die Champignons. Dank, meinen innigsten heißesten Dank und – nichtwahr mein verehrtester Herr von Nebelstern, es bleibt alles beim alten rücksichts meiner Tochter? – Zwar ist sie, dem Himmel sei es geklagt, um ihr hübsches Ansehn durch die Schelmerei des feindseligen Gnomen betrogen worden, Sie sind indessen viel zu sehr Philosoph um –« – »O Papa, mein bester Papa«, jauchzte Fräulein Ännchen,»schauen Sie doch nur hin, schauen Sie doch nur hin, der seidne Palast ist ja verschwunden. Er ist fort, der häßliche Unhold mitsamt seinem Gefolge von Salatprinzen und Kürbisministern und was weiß ich sonst alles!« – Und damit sprang Fräulein Ännchen fort nach dem Gemüsegarten. Herr Dapsul von Zabelthau lief der Tochter nach so schnell es gehen wollte und Herr Amandus von Nebelstern folgte, indem er für sich in den Bart hineinbrummte:»Ich weiß gar nicht, was ich von dem allem denken soll, aber so viel will ich fest behaupten, daß der kleine garstige Mohrrübenkerl ein unverschämter prosaischer Schlingel ist, aber kein dichterischer

König, denn sonst würde er bei meinem sublimsten Liede nicht Bauchgrimmen bekommen und sich in die Erde verkrochen haben.«

Fräulein Ännchen fühlte, als sie in dem Gemüsegarten stand, wo keine Spur eines grünenden Hälmchens zu finden, einen entsetzlichen Schmerz in dem Finger, der den verhängnisvollen Ring trug. Zu gleicher Zeit ließ sich ein herzzerschneidender Klagelaut aus der Tiefe vernehmen und es kuckte die Spitze einer Mohrrübe hervor. Schnell streifte Fräulein Ännchen, von ihrer Ahnung richtig geleitet, den Ring, den sie sonst nicht vom Finger bringen können, mit Leichtigkeit ab, steckte ihn der Mohrrübe an, diese verschwand und der Klagelaut schwieg. Aber o Wunder! sogleich war Fräulein Ännchen hübsch wie vorher, wohlproportioniert und so weiß, als man es nur von einem wirtlichen Landfräulein verlangen kann. Beide, Fräulein Ännchen und Herr Dapsul von Zabelthau jauchzten sehr, während Herr Amandus von Nebelstern ganz verdutzt dastand, und immer noch nicht wußte, was er von allem denken sollte. –

Fräulein Ännchen nahm der herbeigelaufenen Großmagd den Spaten aus der Hand und schwang ihn mit dem jauchzenden Ausruf:»Nun laß uns arbeiten!« in den Lüften, aber so unglücklich, daß sie den Herrn Amandus von Nebelstern hart vor den Kopf (gerade da, wo das *Sensorium commune* sitzen soll) traf, so daß er wie tot niederfiel. Fräulein Ännchen schleuderte das Mordinstrument weit weg, warf sich neben dem Geliebten nieder und brach aus in verzweifelnden Schmerzenslauten, während die Großmagd eine ganze Gießkanne voll Wasser über ihn ausgoß und Herr Dapsul von Zabelthau schnell den astronomischen Turm bestieg, um in aller Eile die Gestirne zu befragen, ob Herr Amandus von Nebelstern wirklich tot sei. Nicht lange dauerte es indessen, als Herr Amandus von Nebelstern die Augen wieder aufschlug, aufsprang, so durchnäßt wie er war, Fräulein Ännchen in seine Arme schloß und mit allem Entzücken der Liebe rief:»O mein bestes teuerstes Ännchen! nun haben wir uns ja wieder!« –

Die sehr merkwürdige, kaum glaubliche Wirkung dieses Vorfalls auf das Liebespaar zeigte sich sehr bald. Beider Sinn war auf eine seltsame Weise geändert.

Fräulein Ännchen hatte einen Abscheu gegen das Handhaben des Spatens bekommen und herrschte wirklich wie eine echte Königin über das Gemüsereich, da sie dafür mit Liebe sorgte, daß ihre Vasallen gehörig gehegt und gepflegt wurden, ohne dabei selbst Hand anzulegen, welches sie treuen Mägden überließ. Dem Herrn Amandus von Nebelstern kam dagegen alles, was er gedichtet, sein ganzes poetisches Streben, höchst albern und aberwitzig vor, und er vertiefte sich in die Werke der großen, wahren Dichter der ältern und neuern Zeit, so erfüllte wohltuende Begeisterung so sein Inneres ganz und gar, daß kein Platz übrigblieb für einen Gedanken an sein eignes Ich. Er gelangte zu der Überzeugung, daß ein Gedicht etwas anderes sein müsse, als der verwirrte Wortkram, den ein nüchternes Delirium zu Tage fördert, und wurde, nachdem er alle Dichtereien, mit denen er sonst sich selbst belächelnd und verehrend, vornehm getan, ins Feuer geworfen, wieder ein besonnener, in Herz und Gemüt klarer Jüngling, wie er vorher gewesen. –

Eines Morgens stieg Herr Dapsul von Zabelthau wirklich von seinem astronomischen Turm herab, um Fräulein Ännchen und Herrn Amandus von Nebelstern nach der Kirche zur Trauung zu geleiten.

Sie führten nächstdem eine glückliche vergnügte Ehe, ob aber später aus Herrn Dapsuls ehelicher Verbindung mit der Sylphide Nehahilah noch wirklich etwas geworden, darüber schweigt die Chronik von Dapsulheim.

Über tredition

Eigenes Buch veröffentlichen

tredition wurde 2006 in Hamburg gegründet und hat seither mehrere tausend Buchtitel veröffentlicht. Autoren veröffentlichen in wenigen leichten Schritten gedruckte Bücher, e-Books und audio-Books. tredition hat das Ziel, die beste und fairste Veröffentlichungsmöglichkeit für Autoren zu bieten.

tredition wurde mit der Erkenntnis gegründet, dass nur etwa jedes 200. bei Verlagen eingereichte Manuskript veröffentlicht wird. Dabei hat jedes Buch seinen Markt, also seine Leser. tredition sorgt dafür, dass für jedes Buch die Leserschaft auch erreicht wird.

Im einzigartigen Literatur-Netzwerk von tredition bieten zahlreiche Literatur-Partner (das sind Lektoren, Übersetzer, Hörbuchsprecher und Illustratoren) ihre Dienstleistung an, um Manuskripte zu verbessern oder die Vielfalt zu erhöhen. Autoren vereinbaren direkt mit den Literatur-Partnern die Konditionen ihrer Zusammenarbeit und partizipieren gemeinsam am Erfolg des Buches.

Das gesamte Verlagsprogramm von tredition ist bei allen stationären Buchhandlungen und Online-Buchhändlern wie z. B. Amazon erhältlich. e-Books stehen bei den führenden Online-Portalen (z. B. iBookstore von Apple oder Kindle von Amazon) zum Verkauf.

Einfach leicht ein Buch veröffentlichen: **www.tredition.de**

Eigene Buchreihe oder eigenen Verlag gründen

Seit 2009 bietet tredition sein Verlagskonzept auch als sogenanntes "White-Label" an. Das bedeutet, dass andere Unternehmen, Institutionen und Personen risikofrei und unkompliziert selbst zum Herausgeber von Büchern und Buchreihen unter eigener Marke werden können. tredition übernimmt dabei das komplette Herstellungs- und Distributionsrisiko.

Zahlreiche Zeitschriften-, Zeitungs- und Buchverlage, Universitäten, Forschungseinrichtungen u.v.m. nutzen diese Dienstleistung von tredition, um unter eigener Marke ohne Risiko Bücher zu verlegen.

Alle Informationen im Internet: **www.tredition.de/fuer-verlage**

tredition wurde mit mehreren Innovationspreisen ausgezeichnet, u. a. mit dem Webfuture Award und dem Innovationspreis der Buch Digitale.

tredition ist Mitglied im Börsenverein des Deutschen Buchhandels.

Dieses Werk elektronisch lesen

Dieses Werk ist Teil der Gutenberg-DE Edition DVD. Diese enthält das komplette Archiv des Projekt Gutenberg-DE. Die DVD ist im Internet erhältlich auf **http://gutenbergshop.abc.de**

FSC
www.fsc.org
MIX
Papier | Fördert
gute Waldnutzung
FSC® C083411

Zeitfracht Medien GmbH
Ferdinand-Jühlke-Straße 7
99095 Erfurt, Deutschland
produktsicherheit@kolibri360.de